Tiara Label

ティアラ文庫

陛下の甘やかなペット

愛に溺れる妖精姫

立花実咲

presented by Misaki Tachibana

JN267396

プランタン出版

目次

※本作品の内容はすべてフィクションです。

プロローグ

春うららかな光に包まれた午後――。

バルツァー大陸を牛耳《ぎゅうじ》るラインザー帝国の中心に聳《そび》え立つリュグナイル宮殿では、盛大な舞踏会が開かれようとしていた。

城の正門に繋がるアプローチには賓客の箱馬車が連なっており、衛兵の検問により招待状と引き換えに中へと通されている。

豪華絢爛《ごうかけんらん》な大広間《おおひろま》には、煌《きら》びやかなドレスに身を包んだ淑女や、気品を見せつけるように盛装した紳士で溢れ、バルコニーやテラスから望める庭園には、立派な薔薇園《ばらえん》の他、ポピー、パンジー、ビオラなどの花々が一斉に咲き誇っていて、見る者の目を癒していた。

招待を受けた貴族は、帝国が統治している諸国をはじめ内外から選び抜かれたやんごとなき身分の者ばかりである。皇帝陛下の登場を待つ中、彼らはしばらく互いを褒めあいながら腹の探りあいをするかのような会話にいそしんでいたが、いつのまにか二つの話題が中心となっていった。

一つは、王の中の王といわれた先の皇帝エレメンス二世が亡きあと、三世として皇帝の座に据えられたジークフリート・クラウスが、いまや先の皇帝を凌ぐほどの賢才として名を轟かせ、大陸の支配侵略をよりいっそう進めようと目論《もくろ》んでいる、という話。

そして、もう一つは、皇帝の二十七回目の誕生日を祝う今日、本格的に花嫁探しが行われるという話だ。

舞踏会に参加している女性たちにとって最も重要なことは後者であった。きっと今日のことは年代記《クロニクル》の中で最も記憶に残るものになるに違いない、と胸を弾ませ、皇帝の登場をいまかいまかと待っているところ。

「早く陛下にお会いしたいわ」

「本当に楽しみね。ご歓談の時間を一番に約束するわ」

「陛下がお選びくださるのはきっと私よ」

「いいえ、絶対に私よ」

私、私、私……女性たちの主張の激しいぶつかりあいが続き、華やかなドレスもまた押し合い圧《へ》し合いになっている。

「ちょっと、ここは私たちの場所よ」

「まあ、先に待っていたのは私たちよ」

令嬢にも派閥があるらしく、ひとかたまりのグループ同士が互いの衣装に値をつけはじめた。

「あら、そんな衣装で挨拶されるおつもり？　私はお父さまが異国から取り寄せた最新のドレスよ」

「斬新ですこと。けれど、孔雀の尻尾みたいなドレスのどこがよくって？　私にはとてもわかりませんわ。きっと着る人を選ぶのでしょうね。似合っていらっしゃらないもの」

「なんですって」

女性たちの熾烈《しれつ》な争いは既にはじまっている。

なにしろジークフリートは絶世の貴公子といわれ、一目で恋に落ちる女性があとを絶たないという。宮廷行事のたびに女性たちの間ではこうして熾烈な争いが行われ、他人を蹴落としてでも自分を気に入られようと必死らしい。

付き添いできている父や親族たちもまた、政治的な利益を期待してなんとか他を出し抜いてでも娘に目をとめてもらおうと家柄の自慢ひいては政治討論まではじめる始末。あわや一触即発という場面も多々見うけられ、各々配置されている衛兵の目が光っている。

しかし噂ではもう既に花嫁候補を数名に絞っているのだという話だ。諸国の王女や由々しき家柄の令嬢など、有力候補を連ねたリストが金庫に保管されており、宮殿内に部屋を与えられている者がいるとか。そして最終日にとうとう決定するのではと囁《ささや》かれているが、件《くだん》の年代記には過去の花嫁探しの記録もされており、それによると最終日にリストになかった女性が選ばれた……という事例があったらしく、今日から三日間行われる舞踏会の間になんとか皇帝の気を引こうと必死なのである。

「皇帝陛下のご到着です」

控えていた侍従の一言のあと、宮廷楽団によりファンファーレが演奏された。

いよいよ皇帝が姿を見せるというとき、中央の扉の前に詰めかけていた招待客が、玉座まで敷かれている深紅色の絨緞《じゅうたん》から離れ、波がさぁっと引くかのように道ができていった。

（……いよいよね）

金の肩章や略綬をつけた盛装に身を包んだ長身の皇帝陛下、ジークフリートが側近を伴って玉座に向かう様子を、一人の『小柄な女性』が柱時計の陰に身を潜めて眺めていた。

エレメンス二世時代に近隣諸国で勃発した戦争により亡国となったフェンリヌ王国の王女、ミレーヌ・シャレット・フェンリーヌである。ちなみにフェンリーヌとは王家の者に与えられる称号だ。

（……若き皇帝陛下……一体どんな人なのかしら）

ドキドキと弾む胸を押さえながら、ミレーヌは皇帝に近づけるときを待った。

この位置では、まだ正面からジークフリートの顔が見えない。純白の盛装に身を包んだすらっとした背と、彼の艶やかな金髪《ブロンド》がちらちらと見えるぐらいだ。

しかし彼の金髪は世界中の光を集めたかのように煌めき、堂々たる風格の落ち着いた雅《みやび》やかな佇《たたず》まいは息を呑むほど美しい。真正面から見た彼は、さぞ立派な美丈夫なのだろうと想像がつく。

玉座に腰を下ろしたジークフリートは給仕係から銀の盃を受け取り、葡萄酒《ワイン》が注がれるのを待った。次に招待客にも順に振る舞われ「今日の佳き日《よ》に乾杯」というジークフリートの声を合図に宮廷楽団による演奏がはじまり、皆がゆったりとした時間を過ごしていた。このあとはダンスが行われる予定だ。

「これは……モンタルク産か」

ジークフリートのよく通る低い声がぽつりと響く。若いながらも堂々と自信に満ちた、威厳のある声色だ。

すると傍《そば》に仕えていた大臣が素早く反応し、手を擦り合わせた。ジークフリートの幼き頃からの側近といわれる人物である。

「ひとくちでお当てになるとは、さすがでございます、陛下。太陽に恵まれた乾燥した気候と肥沃な土壌で育ったモンタルク産ならではの、ほどよい酸味とコクがあって喉越しも香りも逸品。とくにピエレーネ鉱山の麓《ふもと》に広がる大地は素晴らしいものです」

大臣は胸を反らし、自信ありげに蘊蓄《うんちく》をたれる。立派に見せかけた野暮ったい白髭といい、手を擦り合わせる態度といい、まるで商人であるかのように低姿勢だ。なんとなく保身と出世が第一……大臣の笑顔の裏側には他意があるようなわざとらしさを感じる。

（ごまをするってこういうことね……）

ミレーヌは二人の様子を窺いながら、引き続き機会を狙う。

「モンタルクといえば、滅亡したフェンリヌ王国には、宝玉から生まれた女神なのではと称されるほど美しい王女がいたという話――」

　ジークフリートが口を挟まないのをいいことに、大臣は得意げに説明をしたかと思いきや、急に声を潜めた。

「そう、実は、ここだけの話ですが……王女は花嫁候補の一人としてあがっておりました女性なのですが……その前に滅びてしまったのが残念ですな」

　それまで聞き流していたジークフリートだったが、フェンリヌ王国の王女、花嫁候補という言葉にぴくりと反応する。

「花嫁候補だって？」

　ミレーヌはとっさに身を隠した。

（……そうよ。私が花嫁候補ですって？　そんなこと聞いたことないわ。当時私は七歳よ？）

　ミレーヌは鼓動を速めながらジークフリートの様子を窺う。彼の横顔はとても端整《たんせい》で、艶やかな金髪から覗く長い睫毛《まつげ》と二重の双眸《そうぼう》や、羨ましいぐらいの高い鼻梁《びりょう》が、少し離れたところからでもはっきりとわかる。その綺麗な面立ちは、やや冷たくも見えた。

　ジークフリートは玉座の肘あてによりかかって頬杖をつきながら、退屈そうに大広間に目をやりつつ、大臣に問いかける。

「王女の足取り……その後はどうなっている？　どこかの捕囚にでもなっているのではないか。諸国にとって利用価値のある人物であるわけだ。生存していれば放っておくわけにいくまい」

「それが……未《いま》だ摑《つか》めておりません。匿《かくま》っていると思われる国の有力情報を探っているところですが。とにかく今宵のところは、陛下……有力候補に部屋を与えたままにせず、妃となる女性をそろそろお決めになられますよう」

有力候補には部屋を与えて、とりあえず確保しておこうというやり方か、なるほど……とミレーヌは記憶の隅に留める。

ジークフリートは大臣の言葉が聞こえなかったのか、はたまた聞こえないフリをしたのかはわからないが、視線を大広間の端から端へと移し、物色している様子だ。

(噂の王女ならここよ。あなたの下にいるわ。皇帝陛下、そして……お節介の白髭大臣閣下。利用価値のある人間？　それは逆よ)

小さな、小さな、十七歳の少女……噂でいわれるところの亡国の王女ミレーヌ・シャレットその人はどういうわけか、人の手のひらに乗せられるほど小さな妖精へと身体を変えられ、背中に生えた羽を羽ばたかせ、高壇の玉座に悠々と腰を下ろす皇帝陛下の背後をひらりと舞っていた。

腰まで伸びた髪をきっちりと結い上げたミレーヌの頭にはヒースの紋章が入った冠《ティアラ》が塡《は》められている。ヒースは鉱山を囲むように広がっている高原に咲く薄桃色の花で、フェンリヌの国花である。冠は王女の証《あかし》である唯一の宝物だ。

妖精に姿を変えられてしまったとき、身につけていたイヤリング、ドレス、靴は変わらない大きさのままだったが、不思議なことに冠だけはミレーヌの頭に乗せられたまま一緒におさまったのだ。

ミレーヌだけが変貌を遂げたのではない。フェンリヌ王国の者たちすべてが、妖精として姿を変えさせられた。冠は王女としての証として残されたのではないかとされている。

なぜ、妖精へと変えられてしまったのか——その経緯は、これから語ることにして、今は『使命』が最優先である。

ミレーヌは姿が見つからないように、壁の花になっているレディたちのうしろに隠れながら少しずつ距離を縮め、ようやく玉座まで近づいたのだった。

高壇から見下ろした大理石のホールには紳士淑女の人だかりがあり、まるで様々な色をつけた日傘を広げたようなドレス姿で華やいだ雰囲気だ。

ミレーヌはジークフリートの背中に隠れるようにひらりと身を翻した。彼の肩越しにそろりと様子を窺うと、銀のゴブレットを傾ける大きな手が見え、指に嵌められた翡翠石《ジエード》や金剛石《ダイヤモンド》の煌めきがきらりと反射して、思わず目を眇《すが》めた。

気配を感じたのか否か、突然ジークフリートが振り返ろうとしたので、ミレーヌは慌てて椅子の下に入り込んだ。彼の大きな長靴《ちょうか》が見えて、動かないことにホッと胸を撫で下ろしつつ、チャンスに備えてどこか別のところに身を潜めようと試みる。

妖精を信じない者には姿が見えない。ましてこの小ささだから、煌びやかな大広間では目立たないし。ジークフリートに夢中になっている皆の目には映らない。

様子を見計らいながら『目的の女性』の姿が見つかるまで玉座から離れ、ひらひらと人の目を盗んで優雅に飛んでいるうちに、ミレーヌの目の前においしそうな苺《いちご》パイの誘惑が迫る――。

（苺だわ……！）

甘く芳醇な香りのする苺は、ミレーヌの大好物だ。愛らしい三角の形をした実にちょこんと乗っている緑の葉っぱはもちろん、可憐な白い花を咲かせる姿も、この甘酸っぱい匂いも、齧《かじ》りついたときじわっと口腔内で弾ける瑞々《みずみず》しい食感も、すべてが大好きだ。

そんな彼女の自慢の髪も、濃褐色に赤みがかったストロベリーブロンドだ。大きな瞳は翠玉石《エメラルド》色に輝き、耳にはお揃いの宝石が輝いている。

実をいうとドレスも、苺の果汁と搾り立てのミルクをあわせたような淡いピンク色のドレスで、苺の粒を意識するかのように金剛石を粒状にちりばめられているためにキラキラ輝いている。

腰のあたりで結ばれたリボンの愛らしさも相まって、幼い顔立ちのよさを引き立てており……兎にも角にもこのドレスは、腕利きのお針子に作ってもらった中でも大のお気に入りである。

こくり、と喉の奥が鳴った。そういえば無我夢中でお城に忍び込んできたから、何も食べていないのだった。

（……おいしそう。でも……我慢よ我慢……がまん……うぅ、でも……）

呪文を唱えるが効果はない。煩悩《ぼんのう》に負けてちらりと苺のホールケーキを見てしまう。甘酸っぱい香り、艶々と輝く宝石のような果実。ああ……ひとおもいに頬張れたら。そんなことを考えていたところ、きゅるきゅるとお腹が鳴ったのをきっかけに、ぷちんと理性が弾けた。

（一つぐらい誰も気にしないわよね。いただきまーす）

周りを縁どるように飾られた苺をひょいっと拝借し、ひとおもいにもぐっと頬張る。一つだけ、そう決めたはずが――。翠玉石《エメラルド》の瞳がきらきらと輝きだした。

（んん、美味《おい》しい！　ソースがかかっているの？　絶品……。神様、ごめんなさい。だって、これから戦わなくちゃいけないんだもの）

そう言いつつ、手が伸びる、伸びる……。

煌びやかな舞踏会の中では、相変わらず妖精の姿に気付くものはない。

ミレーヌは甘酸っぱい果実を存分にいただいたあと、さらにジークフリートがよく見える場所にじりじりと近づいた。

玉座に悠々と腰を下ろし、肘あてにもたれかかっている皇帝の方へ向き直り、いまかいまかと機会をうかがった。

そして――一人の女性がジークフリートのもとに挨拶にあがった瞬間、

（……今よ）

パチンと指を一つ鳴らすと、たちまちミレーヌの手元に弓矢がぼわんと現れる。そして、左手に弓を構え、右手でつがえた矢をいっぱいに引き、狙いを定めた場所へと願いをこめた。この矢の先にはパンジーの花から作った媚薬成分が塗られている。

（狙いは皇帝陛下ジークフリート様とモンタルク王国の王女アンネリーゼ様……）

ミレーヌの使命は、アンネリーゼを花嫁に選んでもらうこと。そうでなければ、今宵が……ミレーヌにとって最後の晩餐になるかもしれないのだ。

第一章　孤軍奮闘、そして……!?

ミレーヌの故郷、フェンリヌ王国は、もともとモンタルク王国の一部だった。

約六十年前、バルツァー大陸を牛耳るラインザー帝国が諸国への侵略と干渉を図っている頃、北部で二つの部族勢力をもつ旧モンタルク王国が、南部で勢いを振るうシュバルト王国によって危機に陥り二つの国に分断された。二つの国はそれぞれの権力者たちが王に据えられモンタルク王国とフェンリヌ王国とにわけられた。

モンタルク王国は帝国側について大きく発展したが、一方、フェンリヌ王国は、その後シュバルト王国の手に落ちかけた。ところが、なぜかシュバルト王国がフェンリヌ王国に攻め入ろうとしても、一向に侵略することができなかった。

誰かが踏み入ろうとすれば、たちまち繁茂《はんも》した森の中で迷った。一部は行方不明となり、残りの一部はしばらくして戻ってこられたものの森に入ったあとの記憶がまったくないという奇妙な事態が多発した。

不気味な神隠しを恐れた人々はフェンリスヌの森に不用意に近づくことを避け、フェンリヌ王国の人々の行方がどうであるかを確認することもないまま、亡国として葬りさろうとしていた。

しかし、十年の間、フェンリヌ王国の人々の魂は深い森の中に密やかに息づいていた。

『妖精』へと姿を変えられて――。

亡国の王女ミレーヌ・シャレットは、十七歳の誕生日を迎え、ピエレーネ鉱山の麓にある洞窟内の旧大聖堂にて司祭により洗礼を受けていた。

王家の者は十七歳を迎えるのと同時に洗礼を受けることになっている。内容は人によって異なるが、妖精となった今はそれぞれがもつ能力の属性によって試練を与えられていた。

花の妖精の属性を与えられた王女ミレーヌに授けられた使命とは――ラインザー帝国に忍び込み、皇帝陛下とモンタルク王国の王女を結婚させること……。いわゆるキューピッド役である。

洗礼式を終えたあと、王太子を筆頭に場所を移して、玉座の間でその件について議会を開くこととなった。

「心苦しいが、我が国が復興するために、必要な使命だと思ってほしい」

その場の執政をしていた王太子、ローレンツ・フェルナンドが居たたまれないといった表情を浮かべた。

肩まで伸びた艶やかな黒髪に、焼の夜空のような藍色の瞳は大人の色香があり、ため息一つでも絵になる男――彼は、ミレーヌの従兄ローレンツである。国王が大病を患って休養している間、執政は彼に委《ゆだ》ねられていた。

ミレーヌとローレンツの母は国が滅びる前に流行病《はやりやまい》によって倒れた。以来、二人は王家の者として亡国の復興を図っている。

ローレンツは風の妖精の属性をもち、花の妖精の属性をもつミレーヌの種まきや花粉集めに一役かってくれている存在だ。従兄というよりも兄妹のような仲である。

「おにいさま、もちろんよ。私、やるわ！」

従兄妹《いとこ》が手をとりあっていざゆかんとするとき、おずおずとした女性の声が割って入った。

「あのぅ、失礼ですが、ミレーヌ様だけで本当に大丈夫でしょうか」

ミレーヌの侍女、マーブルである。虹色の髪が特徴の彼女は、光の妖精という属性とは正反対の陰鬱な表情で、そわそわしている。

「これは国にとっての一大事。特例としてお伴《とも》をつけてはいかがでしょうか。不幸中の幸い、我々は現在このように小さな身体なのです。それにいまや妖精を信じるものがそんなに多くいるでしょうか。よほどのことがなければ、相手方には気付かれませんでしょう？とにかく、お姫様だけを行かせるのは、心配です」

「おまえの心配する気持ちはわかるが、これはミレーヌの使命なのだよ」

ミレーヌも彼に同調する。

「そうよ。これは私の使命だもの。マーブル、あなたが不安な顔をすると、太陽が隠れてしまうわ。だからそんな顔をしないで」

意気軒昂《いきけんこう》にミレーヌが腰に手をあてると、マーブルはまたもごもごと言いよどんだ。

「我々が心配しているのは、お姫様の……なところが――」

ミレーヌはすぐに察知した。

「何？　はっきり言ってちょうだい」

王女の威厳を見せ、びしっと追及してみる。大体マーブルの言いたいことはわかっているのだが、ミレーヌはその内容が不満なのだ。

侍女マーブルはその場にいた護衛を担当する侍従《じじゅう》五名に救いの視線を求めた。

ずらりと並んでいたのは、森の精、川の精、木の精、火の精、水の精、それぞれの属性代表として見守る番人たちだ。もともとはそれぞれの能力に応じた木こりなどの職業についていた男たちである。

「たしかに心配です。お姫様の行動は……もはや天性のものではないかと……」と森の精カイール。

「お姫様がこれまで川に落ちそうになったのは……うぅん、たしか百回はありましたね」と川の精リューン。

「木にドレスを引っ掛けたのも……少なく見積もって百回あったような気がします。お針子の出番が絶えませんん……」と木の精バーンズ。

「ケーキ作りをするといって、危うく火事になる一幕もありました。料理人に叱られた回数が……一、二……片手では足りませんデス」と火の精フェン。

「薬の調合を間違えて番人を冬眠させたこともありました……、ですから今回もやっぱり何か考えのつかない特別なことが起きるのではないかと心配ですよ」と水の精アーク。

それぞれ宝石のような瞳を潤ませて、ミレーヌを見つめる。

「な、なによ……そんな顔で見ないで」

いくら王女とはいえ、こうも並べたてられると分が悪い。

彼らの言いたいことはこうだ。

ドジなミレーヌに大役が務まるわけがない……そんな姫様に自分たちの命がかかった大役を任せていいのだろうかということ。

たしかにこれまで思い当たる節はいくつもある。

冬支度の前に皆で一つずつ壺を背負って蜂蜜を集めにいったのに、壺ごと忘れてしまうし、今度こそ忘れないようにと集めにいった二日目には壺が下を向いていて蜜をばら撒いてしまったことがあった。

さらに……。

「蜂が怒って大群で攻めてきて大変でしたね」と木の精バーンズが思い出深げに言う。

「あれは……ちょっとした誤算だったのよ」

もじもじとミレーヌは両手を擦り合わせた。

「せっかく仕立てたばかりのドレスが翌日には……おかげで作り甲斐《がい》がありません」

しくしくと、いつのまにか参加していたお針子ドロシーがエプロンドレスで涙を拭う。

「せっかく作った料理が台無しに……心が折れたことも何度か」

と料理人カスパルまで。

そうだそうだと皆が頷くので、ミレーヌはますます居たたまれなくなる。

「……うっ……」

ある夏の日は水浴びをしようと川辺に出ていったところ、流木にドレスを引っ掛けて動けなくなり、羽を濡らして水に浸かってしまうし、葉っぱに掴まったら、危うく鳥のエサになりそうになった。

命からがら逃げ出したところ、今度は鸚鵡《オウム》の背中に乗ってしまっていることに気付かず空に連れ去られ、ローレンツに助けてもらったことがあった。

ある秋の日には木の実集めの最中怪我をしてしまったので、傷薬を作るために花蜜の調合をしようとしたのだが、うっかり惚れ薬を作ってしまい、外で羽を休めていた鸚鵡に求愛され、大変な目にあったこともあった。

とにかくミレーヌは何かにつけてドジをやらかし、うっかりものというレッテルが貼られてしまっているのだった。

「た、たしかに空回りすることはあるわ。皆のいうとおり、今までごめんなさい。でも、これでも皆のこと大事に想っているのよ。そんなに信頼がないかしら？」

沈んでしまったミレーヌをフォローしようと、マーブルが口添えする。

「もちろん責めるために申し上げたのではございません。大切なミレーヌ様にもしものことがあったらと、皆、心配しているのです」

再び、侍従たちは一斉に頷いた。

しかし従兄ローレンツだけは違った。

「なおさらミレーヌは一人で行かなくてはならないのではないだろうか。手を差し伸べてばかりいては一人前にはなれない。神が与えてくださる試練とは、必ず意味のあるものだよ」

ドジという部分は否定してくれないのねと、ミレーヌはがっくりするが、彼女を溺愛している彼でも、真実はきちんと否定する人間であった。

「うっかりものではあるが、ミレーヌの自由闊達《じゆうかったつ》さに心を癒されているのもたしかだ。失敗もあるが、ここぞというときに能力を発揮する。この森の城が嵐に襲われたとき、私の不在に一役かったものがいた。それが誰だったのか……を思い出してほしい」

ローレンツの一声で、周りがシンとする。たしかに嵐の夜が訪れたとき、彼の不在になんとかしなくてはと指揮をとって難を逃れたことはあるが、なんだか普段のドジが際立つようで、逆にきまり悪い。

「おにいさま……それを上回るドジをやらかしてるって皆言いたいのよ」

「まあ、それは事実だろうから仕方ない」

ローレンツはふっと笑みを零《こぼ》す。

「それは認めるけど……」

「皆がおまえを心から慕っている証拠だ。マーブルが言ったように、けして貶《けな》しているわけではないよ」

ミレーヌは唇を尖らせるが、おだやかな眼差《まなざ》しに諭され、それ以上反論する言葉を嚥下《えんげ》した。

「とにかく助けの者がどうしても必要だと判断すれば、すぐにやることにしよう。今回は大事な洗礼式を迎えたミレーヌに対する使命だ。我々が勝手に口を挟むわけにはいかない」

いつでもミレーヌに甘いローレンツの譲歩の仕方としてはいい方だ。

そのとき、訪問者を知らせるベルが鳴った。

「お話し中のところ失礼いたします。ただいま、国境より戻りました」

視察から戻ってきた兵士だ。

「入れ」

ローレンツの許しにより玉座の間に入ってきた兵士が、緊迫した声で報告する。

「僻地《へきち》に侵略者の形跡がありました。間違いなく鉱山を目指しているかと思われます」

「ご苦労だった。そう遠くない……時間の問題だろう」

従兄の強張《こわば》った表情を、ミレーヌは見逃さなかった。王太子の様子を察した皆の表情が不安げに沈む。会議室はたちまちシンと暗くなってしまった。

フェンリヌの森の近くにはもうずっと誰も近づかなかった。けれど、このところ人の気配がどんどん近づいてきている。人々の狙いはフェンリヌの森からモンタルクの山の麓に繋がるピエレーネ鉱山だ。

ピエレーネ鉱山からは貴重な石がたくさん発掘されている。その中でも蛋白石《オパール》という宝石は虹色の輝きを見せる石で、採取する場所によって様々な色の種類が揃えられる。たとえば黒、白、青、赤など……中でも虹のように七色以上の輝きを見せる虹蛋白石《プレシャス・オパール》は市場でも大変価値のある宝石で、国を丸ごと買いとれる金額分が産出されるといっても過言ではない。

フェンリヌ王国の者たちはその様々な色と輝きをもつ蛋白石の恩恵をもらい、色に応じた能力をわけあたえられ、妖精として生き延びることができた。

普段は山の精が見守り、妖精たちが暮らすために必要な分だけ使用しているのだが、ついに侵略者によって宝石が発掘されている事実を見つけてしまった。

侵略者たちは蛋白石が山ほど採れる鉱山に目をつけてさらなる侵略を図ろうとしているらしく、現在、諸国の不穏な動きに警戒しているところだった。

モンタルク王国とフェンリヌ王国の国境の僻地に侵略者がいたということは、そこから連なっている山の麓から近いピエレーネ鉱山までひと月もかからずに侵入できるだろう。鉱山からフェンリヌの森は目と鼻の先だ。

万が一、亡国となったはずのフェンリヌ王国の実態が知られたら、そして妖精であることがわかったなら、彼らは利用しようとしてくるかもしれない。諸国の狙いがそれぞれある以上、けしていい方向にいかないだろうということは想像できる。

ミレーヌは、不安げな皆の顔を見渡し、心に沸々《ふつふつ》と熱いものが込み上げてくるのを感じた。

こんなときこそ王女として行動しなくては、いつできるというのだろう。

「うかうかしていられないわ。私、一刻も早く行かなくちゃ。大丈夫。一人だってちゃんとやってみせるわ」

ミレーヌの使命はこうだ。

バルツァー大陸で唯一ラインザー帝国に属していないシュバルト王国が勢力拡大と自己防衛のために再びモンタルクに目をつけているという噂がある。モンタルクが手に入ればラインザー帝国に匹敵する力を得られるからだ。

そこでラインザー帝国の皇帝にモンタルク王国の王女を見初めてもらい、帝国との絆を強め、その上でモンタルクとシュバルトの間に挟まっているフェンリヌ王国の復興を叶えられるように動かそうということだった。

視察団の調査論文によると、結婚に対して積極的でなかった皇帝がようやく花嫁探しをはじめたらしいという噂。なんでも今度開かれる舞踏会で花嫁が決定されるのではないかというところで、有力候補にモンタルクの第一王女が含まれているというのだ。こんな絶好の機会はないだろう。

（ドジにもポリシーがあるわ。他力本願は主義じゃないけど……）

ミレーヌは良心の呵責《かしゃく》に苛《さいな》まれながらも、王国の危機と使命のためなら仕方ないと心に決めるしかなかった。

もしもミレーヌが人間の姿のままであったなら、自分からラインザー帝国に出向いて、見初めてもらえるよう努めていたかもしれない。

しかし手のひらサイズの妖精となってしまった今は、どうしたって他力本願にならざるを得ない。ならば、せめてそこに行き着くまでに自力で努力しなければ――。

任務を命じられたミレーヌには、さらなる助言が授けられた。

「もうひとつ大事なことを伝えておこう。この任務の期間中、青い鳥が姿を現すであろうと占術師が予言された。もしおまえがその青い鳥を見つけたなら、迷わず願いを告げてほしい」

森に棲んでいる占術師はもともと病や怪我の具合などを診てくれる人物だった。時々、予言と共に不思議なものを視《み》る力があり、いまやフェンリヌの相談役である。妖精となったフェンリヌ王国の者が生き永らえるために必要な力が、宝石から得られることを探りあてたのも占術師だった。年老いたことから頻繁に視ることをしなくなった占術師がここにきて予言をしたということは、よほど大事なことに違いない。

「青い鳥……」

ミレーヌが思い浮かべるのは、惚れ薬でひどい目にあった鸚鵡ぐらいだ。ぞぞっと背筋が凍った。

「王国を守るだけでは我々はもとに戻れない。我々の能力はこの身体であるからこそ必要なもの。悪用されては歴史をまた繰り返すだけだ」

「……青い鳥を見つけたら、私たちが人間に戻れるかもしれないということなのね？」

ローレンツは頷く。

「その前におまえが使命を果たせるか……心配なところだが。洗礼式の宣告を覚えているか？」

ミレーヌは旧大聖堂で告げられた、ある禁忌《きんき》の法則を思い浮かべた。

「ええ。使命の最中は、人間に見つかってはいけない。万が一見つかっても触れられてはいけない。もしも人間の唇に触れてしまったなら……人間の魂が一時的に与えられ、人間の身体になってしまう？」

「そうだ」

「それを解くには儀式が必要……だったわよね。その儀式とは……見つかった相手に生贄《いけにえ》として身体を捧げることである――で、間違いなかったかしら？」

「ああ。それは、たとえ誰であっても、例外ではない」

ローレンツの力を込めた言葉で、ミレーヌは察した。たとえそれが、好きな人間であろうとなかろうと、老若男女であろうと――考えたくない。

「絶対に……気をつけるわ」

ほとんど人間には妖精が見える能力がないが、妖精を信じる者、感性が優れている者などは、稀に見える者もいるという話だ。

ミレーヌはよりいっそう気を引き締めた。

「では、出立の準備を」

王太子ローレンツの一声で、侍従たちが一斉に動く。

「お姫様、私たちからのお守りを」

侍女マーブルが両手を差しだす。彼女の手のひらには虹色の魔法の粉がゆらゆらと輝いていた。プレシャスオパールから採ったものらしい。

「どうか、王女ミレーヌに神のご加護を――」

ミレーヌは目を瞑り、頭上から降り注ぐ魔法の粉で身を清めた。それからすうっと深呼吸して、ぱちりと瞼《まぶた》を開く。

「ありがとう。皆。行ってくるわ」

兵士たちが入口のところで待機している。見送りは洞窟の外までだ。そこからは一人で出立しなくてはならない。

いざゆかんと洞窟を出ようとしたところ、不意に名前を呼ばれ、振り返る。声の主はローレンツだ。彼はそばに近づいてきて、愛おしげにミレーヌの頭を撫でた。

「おまえひとりを俎上《そじょう》にのせるようで心苦しいが、おまえならきっとやり遂げられるはずだと信じている」

小さな頃からローレンツにこうして触れられるのが好きだったミレーヌは、頬をほんのりと染め、やさしげな彼の藍色の瞳を見つめた。彼はいつもミレーヌの不安な気持ちを溶かしてくれる大切な存在だ。そして実は初恋の相手でもある。いまやきょうだい以上の絆があるといってもいい。

「ええ、必ず」

決意を新たにミレーヌが翠玉石《エメラルド》の瞳を輝かせて頷いてみせると、ローレンツもおだやかに目元を緩めた。

「無事を祈っているよ。何か困ったことがあれば、すぐに助けに向かう」

そう言い、ミレーヌの背に手をあてがった。たちまち、ミレーヌの身体が光に包まれるように輝き、ふわりと軽やかになる。そしてひらひらと背中の羽根がいつになく煌めいた。

「風の力が……」

とミレーヌが振り仰ぐと、

「これは手助けではない。餞別だ」

片目を瞑って、ローレンツがしっと声を潜める。

「ありがとう。おにいさま。さあ、一刻も早く向かわなくちゃ」

人間だった頃なら、乗馬服に着替えて厩舎《ステーブル》から準備された馬がやってくる――というところだが、妖精の姿に変えられてからの移動は、自分の力で飛ぶことだけだ。

いってきますと笑顔で手を振り、ミレーヌは洞窟から勢いよく飛び出していく。王国の皆に心配させないように振り返りはしない。陽の光に目を眇め、風の匂いを感じた。そして見下ろす高原の大地に咲き零れる春の花々――。ポピー、パンジー、ビオラが、花の精であるミレーヌの旅立ちをふわふわと応援している。

（行ってくるわよ……どうか成功を祈っていて）

足をまっすぐに揃えて、羽を羽ばたかせ、風を切るようにぐんぐんと進む。

ドレスが引っ掛からないようになるべく高い位置で、風に煽られすぎて落下しないよう大きな湖を避けて、平坦な高原から山脈の方へとできるだけまっすぐに目的地からずれないよう、飛行をつづける。

妖精の羽はとても繊細だ。雨に濡れたり、干涸びたりしないように気を配って飛ばなくてはならない。

天候に左右されるだけに、やや不安があるものの、件の舞踏会が開かれるまであと三日と時間が迫っているとあらば、躊躇《ためら》っている場合ではなかった。

飲み水は花や葉から流れる雫《しずく》を期待することにする。青い鳥探しも兼ねた旅だが、鳥に咥えられたり食べられたりしてしまっては話にならないので、まずは、皇帝陛下のもとへと急ぐ。

それから順調に飛行を続けていたミレーヌは、予定通り三日目でようやく見えてきたラインザー帝国の軍旗にホッとため息をつくとともに、城の壮大さに圧倒されて息を呑んだ。

（すごい……これが、ラインザー帝国……）

バルツァー大陸の内、四つの諸国モンタルク・リーベ・トレーネ・ハーメルンが統治されているラインザー帝国には戦争の名残があちこちに見られる中、迷路のような要塞に囲まれた中心地に立派な宮殿が聳え立っていた。それでも森や湖に囲まれた自然を突き抜けると、近代的な建物や市街地が見えてくる。

渓流にかけられた橋を越え、城の正門に辿り着くまで、いくつもの門を通過しなくてはならないらしい。正面から突破しようものなら、何千という兵の海に呑まれてしまうに違いない。背面からと回り込もうとすれば、道という道のない断崖絶壁に足をとられて命を落とすだろう。

しかし、妖精となったミレーヌには関係なかった。自由に空を飛び回れる羽があるのだから。

水平線の彼方に輝く光に背を押され、広大な陸地を駆け上がるように飛び回る。さらにローレンツが風の魔法をかけてくれたおかげで、いつもよりも速く、飛ぶことができた。

この能力を今使わなくて、いつ使うというのだろう。

なぜ王国の人々が妖精へと変えられてしまったのか、原因はわかっていない。司祭によれば、フェンリヌ王国が復興するための機会を与えてくださったのではなかろうかということだ。

風を切り、空を割るように飛びながら思う。

（自由って素敵ね……でも本当の自由を手に入れるためには……犠牲が必要になるものな

のかしら……）

ミレーヌは天に向かって問いかける。だが、答えはない。ただただ青い空が広がり、時々降り注いでくる陽の光に目を眇めるだけ。

あともう少し、まもなく到着できる。フェンリヌ王国が復興するにはミレーヌの使命が鍵を握っているのだから……と身を引き締め、ひらりと地上へ舞い降りていく。

そこへ突如ミレーヌと水平方向に鳥がやってくるのが見えた。

しかも青い色をした鳥だ……！

（あれは……まさか、青い鳥!?　うそ、こんなに早くに！　神様も……きっと私を応援してくれているんだわ）

きらきらと太陽の光を浴び、青い鳥が羽ばたいている。紺碧《こんぺき》の海をそのまま流し込んだのではないかというほど、目が覚めるような碧《あお》だ。

（捕まえなくっちゃ！）

青い鳥が飛んでいる方へ方向転換し、必死に迎撃しようとした。

――が、逆に窮地に追いやられたのはこちらの方だった。

青色とばかり思っていた鳥だが、側面からではわからなかった模様が、はっきりと見えたのだ。

（あれ、なんか……違うような……!?）

生粋の青い鳥……じゃない。特徴的な長い冠羽と湾曲した嘴《くちばし》に顔だけが赤い鳥……あれは……鸚鵡だ。

しかも心なしか嬉しそうに向かってくるではないか。

ミレーヌはぎくぅっと青ざめる。

(うっそーぉ、鸚鵡だったのっ……!?　まさかあのときの!?)

間違えて作った惚れ薬を鸚鵡にふりかけてしまい、えらい目にあったときのことが思い出され、ぞっとする。

(いやぁぁっ……まさか追いかけてきたんじゃないでしょうねっ!?)

鸚鵡に熱烈に求愛されて、卵を産むような奇跡(ドジ)を起こすのだけはごめんだ。

しかし鳥の方が遥かに速い。このままでは立派な爪の伸びた趾《あし》に捕えられてしまう!

(えいっ……!)

一か八か、ミレーヌはとっさに身を翻して鸚鵡の背に摑まった。が、城の中に入っていこうとする鸚鵡に、ミレーヌは不安を抱く。

「ちょっと!　あなた、今回は絶対に私の邪魔をしないで、お願いよ?」

鸚鵡はミレーヌの言葉など無視して悠々と空を翔けるが、運悪く目の前に時計台が迫っていた。

「前っ前を見て!　このままじゃぶつかっちゃうわ!　ねえ、あなた、その円《つぶ》らな瞳、ちゃんと見えてるの!?」

このままではお城に侵入する前に身体がバラバラになってしまう。ミレーヌはぞっと青ざめた。

「お願い、速度をゆるめて――！」

鸚鵡の勢いに乗せられたせいか、風の魔法が効きすぎている。せっかくローレンツが魔法をかけてくれたのもこれでは逆効果だ。

それに属性のないミレーヌでは風を制御することはできない。

（おにいさま……っ！）

目の前に大きな宮殿の塔が迫り、すごい勢いで壁が近づいてくる。このままではぶつかる――！

ミレーヌはとっさに鸚鵡の背から離れ、そのまま風に身を任せた。ごーっと強い風に吹き飛ばされ、振り落とされそうになるのを必死に堪える。

（前が……見えないわっ）

右腕で風を避《よ》け、左から差し込んでくる陽の光に目を眇め、どうにか体勢を整えて羽ばたく。重力に引きずられて落ちていく感覚がする。あまりの速度に羽が引きちぎられそうだ。羽を失ったらもう終わりだ。妖精としても人間としても生きられない。

軍旗が風になびいているのが視界に飛び込んでくる。

踏んばらなくては……と気持ちを高めるが、次に目の前に見えたのは緑の庭園だった。

（あそこに降りられたら……でも、もう……だめ……これ以上、力が……入らない……っ）

そのとき――ぶわっと突風に吹かれ、ミレーヌの身体は舞い上がった。

「わわわ、きゃぁああ――――！」

急降下のショックでふっと意識を失いかけたが、ぼすんっと身が弾んで、ミレーヌはハッと我に返った。

（羽、折れてない？　身体は……痛くないわ）

どうやら葉っぱがクッションになったらしい。なんとか事なきを得てほうっとため息をつく。

と、頭上に鋭い棘《とげ》があることに気付いて、とっさに伏せた。

（危ない危ない……鸚鵡と心中なんて絶対にごめんよ。一回ぐらい……恋だってしたい。死ぬまでに……一度ぐらいは……私だって）

腹ばいになって進み、ミレーヌは薔薇の花から離れる。やっぱり鸚鵡に関わると碌なことにならない。

あと少し違うところに落ちていたら、薔薇の棘が突き刺さって大怪我をしていたかもしれない。

（今のうちに、人がいないところを狙って……）

やっとの思いで中央の庭園へと降りたち、ミレーヌはホッとため息をつく。それから茂みの中に隠れ、きょろきょろとあたりを見渡した。

そうっと顔を出してみたところ、テラスの扉が開かれているのが見えた。

天井から吊り下げられたシャンデリアの灯りが輝き、壁に張られた鏡に反射して、きらきらと煌めいている。運よく大広間の傍に来られたらしい。

身を乗り出して、もう少し様子を見ようとしたところ、人の姿が映り、ミレーヌは慌てて薔薇の陰に身を隠した。

人間に見つかってはいけない。捕まってはいけない。落ち着くために、呪文のように繰り返した。

(……舞踏会は……これからかしら?)

どうやら侍従たちが忙しく準備をしているようだ。

回廊の間に入り込む光を感じて、空を見上げてみる。

鸚鵡の姿は見えない。どこへ飛んでいったのか。とにかくミレーヌが探していた青い鳥とは違った。

(そんなに簡単にうまくいきっこないわよね)

羽が千切れたり、薔薇の棘が刺さったりしなかっただけでも、よかったと思わなければならない。

(汚名を返上しなくちゃね)

ため息を吐《つ》きつつ、ミレーヌは自分が忍び込むための手順を、頭の中で繰り返すのだった。


——そして今。

忍び込んだ宮殿の大広間で機会を窺い、額に汗を浮かべながら、魔法で出した弓矢を構え、待機しているところだったのだが――。

モンタルクの王女ともあろう人が、人の波に埋もれてなかなか皇帝に近づけないでいるのを見て、ミレーヌははがゆく思い、地団駄を踏んでいた。

（あーん、もぅっ……あとひといき！）

側近が離れたのを狙って淑女たちが順番を待って皇帝を取り囲んでいる。しかし、アンネリーゼはその中に入っていけない様子。

（王女様……ほら、一歩を踏み出して！）

なぜかアンネリーゼは気が進まない様子で、付添人としてきていた兄王子に耳元でなにか助言されているようだ。

一方、ジークフリートも愛想なくとりあえず儀礼的に応じているようで、彼の表情からは退屈しはじめている空気が見てとれた。

ここに彼が目当てとしている女性はいないのかもしれない。

だから絶好の機会だというのに、アンネリーゼは「ちょっと失礼」と声をかけることはおろか、強引にかきわけていくこともしない。ただ遠慮がちに遠巻きに存在しているだけだ。

玉座の肘あてに頬杖をつき、淑女をはべらせていたジークフリートが、ついにすくりと立ち上がってしまった。

「陛下、次は私の番ですわ。待っておりましたのに！」

はしたないのも承知だと言いたげに、令嬢の一人が悲鳴をあげる。

「悪いが、ここまでにしてくれ」

ああ、つれない……とあちこちでため息がこぼれる。

「陛下、どちらへいかれますの？」

「陛下、テラスの方に一緒にいかがですか？」

次々に声をかけられるが、ジークフリートは手をあげて断るばかり。

皇帝陛下と夢の時間をもてたことを鼻高々に自慢する淑女がいる傍ら、それが叶わなかった者たちがあんまりだとハンカチを噛みしめて嘆き、扇子の陰でさめざめと泣いていた。

しかし、ミレーヌはジークフリートに同情した。大広間を一周するほど長い列を作って並ばれて、陛下陛下とくっついてまわられるのをすべて相手していたら疲れてしまうだろう。いくら時間があっても足りないに違いない。

ジークフリートは波のように押し寄せてくる女性たちの様子など一向に構うことなく、その場から立ち去ろうとする。

次に迫ってくる黒山の人だかりにも、ものともせずに強引に進んでいく彼の目の前に、かのアンネリーゼの姿があった。

豪奢な青いドレスを召した美しい佇まいの彼女にジークフリートだって気付かないわけ

がない。

（あっ……アンネリーゼ様、今よ、今！）

ミレーヌの心臓がドキドキと鼓動を速める。

ジークフリートがアンネリーゼに接近するのを期待していたのだが――まったくあてが外れた。

彼は侍従に声をかけ、ダンスのはじまりとなる合図を鳴らさせた。そして当の本人はというと、大広間の外に出ようとしているではないか。

（ちょっ……待って！　待ってよ！）

アンネリーゼは無視されたことに対して唖然として、ジークフリートのつれない背を見送っている。

（どうして……？）

わざと無視しているように映る。

彼らは何度も公の行事で顔を合わせているし、知らない仲ではない。最終候補に残る最有力者として名があがっているはず。

アンネリーゼの兄王子も付添人として一緒にきているのだから、そんなことをしたらまずいのではないだろうか。

（一体、皇帝陛下はどこに行くつもりなの……花嫁候補として名を連ねている女性を前にして、背を向けるなんて……喧嘩でもした？　でも、二人が近づいてくれないことにはどうしようもないわ……！）

とにかくジークフリートにいてもらわなくては困る。アンネリーゼとの距離が開かないうちに、なんとか手立てを考えなくては。

悶々としながら弓矢を構え、アンネリーゼのうしろ側に、近づいたときだった。

「お待ちくださいませ。ジークフリート様」

凛《りん》とした鈴の音のような可愛らしい声が響く。アンネリーゼがついに動いた。

待ちに待った展開！

ミレーヌは翠玉石《エメラルド》色の瞳をきらきらと輝かせ、声の主アンネリーゼを視線で追いかける。

彼女の先にはマントを羽織ったジークフリートの姿があった。

（そうよ、王女様、がんばって！）

彼はまだ気付かない。否、あえて聞こえないフリをしているようにも思えた。

（もうぅージークフリート様ったらっ……さっきから何やってるのよ。あんなに素敵な王女様は他にいないのに！）

ミレーヌは瞳にめらめらと炎を灯《とも》し、弓を片手になんとか機会を狙いながら、じりじりと彼らのあとをつける。

と、はしたないのではないかと躊躇うようにアンネリーゼがジークフリートの袖を引く。

その拍子に彼が振り返り、ようやく互いに近距離で見つめあうこととなった。

なんて絵になる二人。

「ジークフリート様、私は――」

（いいわ、今こそ……！）

すかさずミレーヌは弓を構え直した。二人を目がけて力いっぱい矢を放てば、矢は、まっすぐに、そして……二人の心臓を同時に貫く――はずだった。

――が、様子がおかしい。

（ちょっ……ど、どうして……っ）

二人が、じゃなく、ミレーヌの弓の調子が、だ。

（あれっ、何、待って、そっちの方じゃないの。もっとまっすぐに向かってっ……言うこと聞いて！）

きちんと構えているはずなのに、まるで糸で操られているかのように矢の先が勝手に動いて、ジークフリートの方だけに引き寄せられていくのだ。

ターゲットを決めたら媚薬の塗られた矢が放たれ、あとは弓矢にかけた魔法の効果でまっすぐに射貫かれるはずなのだが。ジークフリートとアンネリーゼの二人を同時に射貫かなくては意味がない。その場で彼らをお互いに引きつけるのが目的なのだから。それなのに……弓矢が言うことを聞いてくれない。

（どうなってるの……!?）

力を抜こうものなら引っ張られ、わわわわ、とミレーヌは弓矢を構え直す。ぎりぎりと弓が軋《きし》み、華奢な手に食い込んでいた。

そうこうしているうちに、うろたえているアンネリーゼを尻目に、白髭の大臣がジークフリートに近づいてくる。ミレーヌが苦戦しているうちに、大臣が完全にジークフリートとアンネリーゼの姿を隠してしまう。

（ちょっと、白髭大臣閣下！　邪魔よぅっ……あなたじゃない、早くどいて！　今すぐに離れて！）

構えた弓がぎりぎりと手のひらの皮膚を焦がす。

（だめ、これ以上は……限界だわ……）

ぜーはーと肩で息をしながら、ミレーヌはいったん体勢を整えようと考えた。だが、今度はおかしなことに弓が手から離れていかないのだ。

（……えっどうしてっ。何……なんなのっ……なにか呪文でもあったかしら？）

ますますミレーヌは混乱する。とにかく矢を放つ構えを保ち、ジークフリートとアンネリーゼが重なるときを待った。大臣が去り、ジークフリートとアンネリーゼが向き直る。

今だ！　心の中で叫んだ。

「えいっ……！」

ようやく的に矢が放たれた――と思ったそのとき、突然マントを翻すようにジークフリートが振り返った。

（うっそー……なんで……今、振り返るのよ！）

アンネリーゼの姿が見えなくなり、彼は人波をかきわけるように、こちらにやってくる。

二人の距離がどんどん開いてしまう。

とはいえ、もう放ってしまった矢は取り返しがつかない。ジークフリートの肩を通り越し、アンネリーゼの隣にいた女性の方に飛んでいく。

（わわわわっ……今はだめ、お願い！　外れて！）

ミレーヌは心の中で叫ぶ。なんとか急所は外れた。

そして二人の動きにあわせて、もう一本矢を抜いた。

（お願い！　神様！　二度目の正直！）

が、その願いも虚しく、放たれた矢は、ジークフリートの胸だけを、ひとおもいに突き刺したのだった。

（……ああっ！）

アンネリーゼの姿が見えなくなり、ジークフリートはまるでときが止まってしまったかのように息を呑んで立ち止まる。そして彼は胸のあたりを押さえ、端整な眉を寄せた。

「……なんだ、今のは」

（どど、どうしよう。一人だけじゃ意味がないのよ……王女様はどこに消えたの？）

必死に目で追ったところ、アンネリーゼは泣きながら大広間の端に駆け出していた。

ほんの少しの時間に、一体何が起きたというの？

仲違《なかたが》いしたの？　決裂？　なんで泣いてるの？

ミレーヌはさあっと青ざめる。

（待って、離れないで！　もう一回！　残り……もう一回！）

慌てて弓を構えて打ち放したところでもう遅い。ジークフリートとアンネリーゼとの距離はさっきよりかなり開いてしまっていた。

矢は三本だけ。それ以外にない。放ったあとに残された弓は、魔法で約束されていたように、光の泡となって手元から消えてしまった。

（や、やって……しまったわ）

ドジ……ドジ……ドジドジ、ドジ――……。

わなわなと身体を震わせて茫然としているミレーヌの前に、大きな壁……ではない、ジークフリートその人が、胡乱《うろん》げな顔をして立ちはだかっていることに気付いたのだった。

第二章　捕囚

さらさらと絹糸のようにこぼれてくる金髪の間から覗く、宝石と見間違うほど美しいジークフリートのサファイアのような瞳。その碧い瞳に、ミレーヌの姿がはっきりと映っている。

（こ、これって、め、目が合ってる……わよね？）

ずいっとジークフリートはさらに近づいてきた。

絶体絶命のピンチに、ミレーヌは一歩も動けない。否、正確にはその場に浮いたまま、飛び立つことができなかった。

（気のせいよ、気のせい……）

そう、きっと気のせい。アンネリーゼ王女を無視するほどの人だ。妖精なんて見えない人間に違いない。ジークフリートがミレーヌに気付くわけがないのだと呪文を唱えた。

あと五センチ……という距離。

もはや賭けのようなものだった。彼の視線はきっと自分の肩越しへと消えて、その向こうにはお目当ての女性がいるのだと信じ、魔法が実現するようにと。

なにか不都合があればすぐに逃げればいい。この身体を最大限に生かせば、通り抜けられない道はない。隙をついて一気に飛び立てばいい。その準備をする。

しかし思惑は外れた。

ジークフリートの手が目の前で大きく広げられ、ミレーヌをひとおもいに捕らえたのだ。

（ぎゃっ……ぁっ）

まるで蔦に搦めとられていくような絞られる感覚に、ぎくりと身体が強張る。

（しまった！　彼は見える人間――）

男の熱い手に握られ、行く手を完全に阻まれた。

手の中は火傷《やけど》したのかと思うほど熱い。沸騰した壺のお風呂に投げ込まれたみたいだ。息苦しくて眩暈《めまい》がする。

（放してっ……放して！）

全身に力いっぱい込めて暴れようとも、彼は放してくれなかった。

（いやっ……羽が……身体が壊れちゃうっ……！）

ジークフリートはそのまま大広間から出ていき、扉が閉まるのを待ってから、憮然《ぶぜん》と言い放った。

「さっきから周りをうろちょろしているのはおまえか？」

ぎゅうっと強く身体を包まれ、ますます息が詰まる。もう握りつぶされてしまうのではないかと、覚悟さえした。

(……もうっ……だめ……)

彼はようやく力を弱め、手のひらを広げる。

くたりと手折《たお》られた花のように、ミレーヌは彼の手のひらに身を横たえる他になかった。

それから、ぼうっとする頭をぶんぶんと振って、よろりと立ち上がった。羽は……どうにか無事だ。

「まとわりつくような妙な気配を感じたんだ。そのひらひらしたドレスは花びらか？　おまえは妖精だな」

「……あなたはふだん妖精を信じる？」

ミレーヌはジークフリートの回答に期待して、問いかける。

「その仕掛けにはかからないでおこう。昔からの言い伝えだ。信じないと言えば……妖精は消えるんだったな。あいにく俺は目で見たものは信じる性質《たち》だ。おまえはどこかの間諜《スパイ》として雇われたのか？」

ジークフリートはそう問いかけながら、ミレーヌと目線が合うまで、顔を近づけてくる。

彼の長い睫毛が綿毛のように見える位置まで。

「……違うわ。私は――」

……と口走ってしまうところ、もぐっと手で押さえる。彼は誘導尋問しようとしていた

のだろう。

「質問を変える。おまえのような妖精が、なぜここにきた？　なんの目的ももたずに、人の前に現れるまい」

　指の腹でそっと頬を撫でられ、ミレーヌの全身がギクリと強張る。

「黙秘権、か？」

　ミレーヌはがたがたと震えだす身体を押さえるべく、両腕を自分で支えた。

　ふうん、とジークフリートは嗜虐《しぎゃく》的な笑みを浮かべた。

「初めて見たが、妖精とは……愛らしいものだな。蜜蠟で作った人形よりもずっと肉感があって、遊び甲斐がありそうだ」

　綺麗な形をした彼の指先が、つっとミレーヌの肌に触れようとする。その好奇心に満ちた仕草に、思わず身を捩《よじ》った。

「ひゃっ……に、人形じゃないわっ。失礼ね！　ちゃんと生きてるもの。博識そうなあなたならわかるはず。私は花の精よ！　妖精にヘンないたずらをしたら、ただじゃ済まないんだから！」

　傷つけられることを覚悟して、よりいっそう身体を強張らせ、腰に手をあてて虚勢を張るが、それは杞憂《きゆう》に終わった。

　ジークフリートはまるで花びらを愛《め》でるかのように慈しんだ触れ方をしてくるのだ。そして彼は自分の指の先を見て、やっぱりというような顔をした。

「ケーキに不自然な穴が開いていると報告があった。毒でも混入しているのではないかと訝《いぶか》しんでいた。あながち外れてはいないらしいな」

ミレーヌはぎくっとした。彼は端《はな》から疑ってかかっている。指で触れたのも好奇心からではなかったのだ。

「ど、毒など……入れていません。そんな卑怯なことは……けして」

それよりもっと卑怯なことをしようとしていたことは知られまい。それだけは……心に誓って！

とにかくうまい言い訳を考えなくてはならない。怜悧《れいり》そうな彼をさりげなく欺く方法を。しかし、頭が真っ白で何も浮かんでこない。

「苺を食べたのはおまえだろう？　念の為、ケーキをさげさせたが……」

ミレーヌは思わずふるふると首を横に振った。

苺はたしかに食べた。一つだけ……否、一つだけと言い訳をしながら、二つ、三つ、四つ……五つぐらいは。

「ならば、潔白を証明してもらおうか」

ミレーヌは青ざめる。

彼がさらに近づく。また握りつぶされるのではと恐怖に慄《おのの》いたところ、彼の唇が迫っていることに気付いた。

と、彼はそのままミレーヌの小さな身体にそっとくちづけをしたのだった。

「あたりだな。おまえの唇から苺の香りがする」

彼は口の端をあげる。

その瞬間、全身に火が放たれたのではないかと錯覚するほどの熱と衝撃が走った。

（……！）

ミレーヌはハッとする。

――人間に見つかってはいけない。捕まってはいけない。触れられてはいけない。それはもうこうなってしまった以上どうしようもない。

問題は最後の砦《とりで》だ。

――唇に触れられてはならない。もしも触れてしまったのなら――。

ミレーヌの脳裏に土石流のようなものがどっと流れてくる。

「いいいい、今、何をしたの!?」

「おまえの唇に触れた。くちづけといえばいいか」

「唇、くく……く、くちづけ………ッですってぇ。うそ、うそっ……うそ！」

顔が真っ青になり、あわわと唇が震える。

「キスといえばいいのか」

「だめーっ……いいえ、唇ではありませんわ。唇の端についた苺の毒見であって、これはキスではありませんわ。そうよ、そうよね!?」

ミレーヌは必死にジークフリートに肯定を促した。彼は顎を引いて訝しげな表情を浮かべたあと、ミレーヌの慌てっぷりを見て、愉快そうに繰り返す。

「唇にキスをしたと言ったのだが、それが何か不都合なのか」

唇、くちづけ、キス、その三つの言葉が、ぐるぐると頭の中で駆けめぐる。

「い、いいえっキスではありませんったら。そうですわよね？　お願いですから、そうと言ってください！」

ミレーヌはジークフリートの目の前で両手をあわせて、うるうると円らな瞳を潤ませた。

使命ばかりに気を取られていたが、禁忌のことをすっかり忘れていた。極力人間に見つかってはいけない。万が一見つかったとしても、絶対に人間と接触してはいけない。今のような行為はもってのほかだ。そして最大の禁忌はくちづけである。

もしも禁忌を犯してしまったなら、人間の姿に変えられるのだ。しかもそれは一時的なものであり不完全体――。

一時的な変化では意味がない。けして喜ぶべきことではないのだ。さらに呪縛を解くためには、相手との『特別な儀式』が必要になるというのだから。

ミレーヌはジークフリートを前にすっかりパニックになり、だらだらと背に汗をかいていた。と同時に、自分の身体の変化に気付きはじめる。

（うそ、うそよ、うそっ……誰かうそって言って）

指の先が蔓《つる》のように伸びて、手のひらが花びらのように広がり、ぐんぐんと腕が長くなっていくような感覚がして、恐怖に戦く。

（なに、なにが起こるの。やめて、とまって！）

気を取られているうちにだんだんと目線が変わり、ジークフリートより上にいて浮いていたはずの身体が重力に引きずられていく。

（どうするの、私……どうするの……落ち着いて、ううん、落ち着いていられるわけない！）

視界が変わっているのではない。ミレーヌの身体が変化しているのだ。

髪がさらりと肩に落ち、手や脚がすらりと伸びて、地に足がついた。

ジークフリートは、唖然とした顔でミレーヌの変化を眺めていた。

やがて身にまとっていたドレスが千切れ、肌が露出してしまった。

「きゃっ……なん、なのっ……どうなってるのっ」

茫然とするミレーヌの前で、同じように……ジークフリートも固まっている。

そして、互いに目が合い、はたと気付く。こぼれんばかりのまろやかな乳房が露わになっており、自分が裸なのだということに。

「きゃあ、ああッ。み、見ないでっ……！」

ミレーヌは大声をあげ、両腕を交差して胸を必死に隠した。それを手伝うように長い髪がふわりと垂れる。

「俺は酔って、幻覚でも見ているのか。奇怪なことばかりが起こっている」

ううん、と唸《うな》りながら、ジークフリートは思い詰めたように眉の間に指を寄せる。彼がそうするのも無理はない。普通の感覚を持ち合わせた人間なら卒倒しているに違いない。

一方でミレーヌは大パニックだった。

「あああっ……大事なドレスだったのに、一番のお気に入りだったのに！　って……は、裸！　ちがうちがう、そんなことより！」

大事な冠《ティアラ》が頭に塡まっていない。あれだけはけして失くしてはならない。自分が王女である証であり、最も大切なものだ。

きょろきょろと必死に捜し、床に落ちているのを発見して、泣きそうな声をあげた。

「よかった、あったわ！　でも、どうして冠《ティアラ》は大きくならないの？　小さくなったときは一緒にこの大きさになったのに」

わたわたしているミレーヌの傍に近づき、ジークフリートは興味深げに観察し、胸の先をツンと押した。

「ふ……きゃっ」

ピキっと石膏で塗り固められたかのように、ミレーヌは固まる。追って、ジークフリートの指の感触が熱風のように全身を駆け抜け、ミレーヌの顔がたちまち苺色に染まった。

「なななっ何するのーっ」

肩を怒らせて叫ぶミレーヌをよそに、ジークフリートは悠々と感触を味わうように指を滑らせる。薄桃色の突起はふにふにとやわらかく形を変えるが、たちまち隆起し、木の実のように硬くなっていく。

さらに彼は双乳を両手におさめて、むにゅむにゅと弾力を愉しむように捏《こ》ねまわした。

「や、ンっンっ……やめてったらっ！　勝手に身体であそばないで！」

ミレーヌは真っ赤な顔で、ぶるりと肩を震わせ、両手を交差させて防御する。一方で、ジークフリートは顔色を変えない。真剣な表情で、今の状況を冷静に把握しているようだ。

「どうやら幻覚じゃないみたいだな」

「幻覚じゃないわ。現実よ……だから、困るのよ」

ミレーヌは両手で胸を隠し、内腿をもぞもぞと閉じながら、目の前の端整な男に恥を承知で懇願する。

「お、お願い。なにか羽織るものがほしいの。今は……休戦させて」

「……たしかに、そのままでは目の毒だな」

ジークフリートは肩につけていたマントを外し、ミレーヌの身体に巻きつけてくれた。

その拍子にふわりと男の甘い香りが漂い、無意識に心臓が跳ねる。

ドキドキと激しく鼓動する胸を押さえながら、足元にちりぢりになったピンクのドレスを見て、改めてショックを受けた。

ミレーヌはぎゅうっとマントを抱きしめ、翠玉石《エメラルド》色の瞳に涙を浮かべる。

「ああ、もうっ。せっかくお気に入りのドレスだったのに……って、だから……ちがうっちがうっ。どうするの！　……絶望的よぅ」

自分の不甲斐なさを呪って、さめざめと泣くミレーヌに、ジークフリートは淡々と問いかけた。

「おまえはなぜ人間になったんだ？　俺が触れたからか？　妖精には自由自在に人間になれる力があって……それで今回は妖精となり悪行を？」

じりじりと追及してくるジークフリートにミレーヌは真っ赤な顔で反論する。

「違うわ！　あなたが私に勝手にキ……キスをするから！　愛の洗礼だって受けていないのに」

ジークフリートは首をかしげるばかり。

愛の洗礼とはつまり結婚式の誓いの儀式のことだ。彼が理解できないのは仕方ない。

ミレーヌはすっかり混乱してしまっている。

「とにかく、ここでは目立つ。おまえもその身体のままではうろうろできないだろう。こっちに来い。連れていくぞ」

「ど、どこに連れていく気っ……待ってよ、話を聞いて。私は自由自在に悪行なんてしないわ。これにはわけがあって……！」

必死に説明しようとするミレーヌの唇をとんと指先で塞いで、ジークフリートはため息をつく。

「うるさい女だな。わけがあるのはこちらも知りたい。とにかく話はあとからだ」

ふわりと身体が宙に浮いた。

「きゃっ」

それは今まで何度も体験した『空を飛ぶ』感覚に似ていた。

しかし違う。人間の男の腕に抱き上げられているのだ。

「どうする気……!?」

「決まっているだろう。問い詰める気だ」

「閉じ込めるの!?」

「さあ、おまえの回答次第だ」

もうおしまいだ。

自由に飛び回れる羽もなくなってしまった。

裸のままではどうしようもない。

その上、皇帝本人に捕まってしまったのだから。

これからどうしたらいいのだろう。

『ドジなミレーヌ様のことだから』と心配していた侍従たちの言葉がぐわんぐわんと頭の中で駆けめぐる。

意気揚々とやってきた自分のことが悔やまれる。こんなことなら最初から誰かについてきてもらえばよかった。

あれほど気丈に振る舞い出てきたくせに、ぽろぽろと弱音が零れてくる。

(弱音だって零したくなるわ。だってこんなにすぐに見つかるなんて……思ってなかったもの……)

つくづく自分のダメさ加減にがっかりする。

部屋に連れていかれ、ソファに下ろされた途端、ミレーヌはさっそくジークフリートから尋問を受けた。

「それで？　おまえは何者なんだ。何をしにやってきた。目的は？」

ジークフリートは腕を組んで、ミレーヌの姿を眺める。さっきまで手のひらに包めるぐらいの大きさしかなかった妖精が突然、人間の少女になったのだ。彼が訝しがるのは当然である。

けれど、本当のことを言ってしまったら、ミレーヌは一生ここに囚われの身になってしまうかもしれない。かつて亡国の王女はそうして他国へ捕囚となって連れていかれ、処刑されるという歴史がこの大陸にもあったのだから。

黙り込んでしまったミレーヌに、ジークフリートは時間を置いて、再び質問する。

「おまえは……もともと、人間だったのか？　それとも元から、妖精なのか？」

ギクっ、と肩を震わせるミレーヌを、ジークフリートは胡乱な瞳で見つめ続ける。

「それは……」

「それは？」

どのくらいそうして睨めっこしていたことか。しばらく探るような視線を向けていたジークフリートが、突然ミレーヌの頤《おとがい》をぐいっと摑んで唇を塞いだ。

「んんっ!?」

ミレーヌは驚くあまり、反射的におもいきり平手で彼の頬をパシーンと打った。

ジークフリートの肌理《きめ》こまやかな白い頬が紅く染まる。見ているこちらの方が痛くなるほどに。

この際、彼がラインザー帝国の君主、皇帝エレメンス三世であることなど構っていられなかった。

「な、ななな何するの……疑っているくせに、キスをするなんて……破廉恥だわ!?」

だが、彼は動じることなく、さらっと流す。

「キスをしてその姿になったなら、またすれば戻るというものではないのか」

ジークフリートの言うことは一理ある。

――が、ミレーヌはぶんぶんと首を振った。

「そんな簡単なことじゃないわ」

「ならどうすればいい。毒を盛ったわけではないのはわかった。このままでは埒《らち》があかないだろう。ぎゃんぎゃんうるさくてかなわん」

整った眉が不快そうに顰《ひそ》められる。その上、手形までつけられてしまった頬が痛々しい。

「それは、その……」

むむぅ、とミレーヌは唇を噛む。

頭の中には悶々とした図式ができあがっていく。

ジークフリートに組み敷かれてしなだれるミレーヌの姿が――。

「どうした？　知ってるなら早く言え」

もう彼も辟易《へきえき》しているといった様子だ。面倒なものを拾ってしまったといいたげな視線をちくちくと感じる。

けれど、ここで本当のことを教えてしまったら、彼は実行すると言いだすかもしれない。ミレーヌには心の準備ができていない。

「それは……だから、……」

もごもごと唇を動かすだけで、ミレーヌはなかなか言いだせない。業を煮やしたジークフリートが、強硬手段に出た。ミレーヌの華奢《きゃしゃ》な腕をぐっと摑んだのだ。

「早く言え。じゃないと、このまま牢獄に連行させるぞ」

狂気を孕《はら》んだジークフリートの眼差しにゾッと戦慄《わなな》く。

「そ、それだけは、お願いです……！」

「なら、言え」

ずりずりとソファの背面から座面へと身体が落ちていく。

「……だって、言えないわ。交わりの儀式を済ませなければ……元に戻れないなんて！」

真っ赤な顔でミレーヌが訴えると、ジークフリートは摑んでいた手を離し、代わりに顎のあたりに手をやって、なるほど……と頷く。

「それなら話は早いな」

ミレーヌは首をかしげた。

なにを思ったのか、ジークフリートが上着を脱いで首に巻いたクラヴァットを寛げ、ミレーヌに覆いかぶさってくるではないか。じりじりと迫られ、ミレーヌは逃げ腰になる。それをいいことにぐっと腰を掬われ、ジークフリートの真下に潜り込んでしまった。

すっかり獲物に食べられる構図である。

「って、えっ……や、っ……ちょっと」

ミレーヌは目を真ん丸にして、身を捩る。

しかし、彼の重みがかかって、逃れられない。身体の間を、彼の太腿が割って入り、手首を押さえつけてくる。

「……おまえは戻りたいんだろう？　俺も目の前のおまえがさっきの妖精と同じ人物だということをもう一度はっきり確かめたい」

そう言いながら、指先でつうっと乳房の尖端をなぞった。ぞくぞくっと身震いし、ミレーヌは首を振る。

「ン、やっ……ま、待って、おねがい……はやまらないで！　心の準備がっ」

彼は表情を変えることなく、実行しようとする。

「身体の準備なら、俺がなんとかしてやれる」

「そ、そういうことじゃないのっ……！」

筋骨隆々とした男の体躯《たいく》はずっしりと石のように重たく、必死にぽかぽかと胸を叩こうがびくとも動かない。

外されたクラヴァット、シャツの釦《ボタン》……剝き出しになった鎖骨がちらちらと見え、麝香《じゃこう》のような男の匂い立つ色香に、くらくらと眩暈《めまい》がした。

その上、獣のように射すくめるような表情。玲瓏《れいろう》たる彼の澄んだ二つの碧瞳《へきどう》に吸い込まれてしまいそうになる。

鼻先が擦れ、唇と唇が接触する――その瞬間に、ミレーヌは首をいやいやと振った。

「ほんとに、待って。あなただって簡単に、はいそうですかっていかないでしょうっ⁉　毒がどうとか疑うなら、どこの誰かもわからない相手を信頼してしまうなんて、皇帝のすることじゃないわ！」

（だから……早く離れて……！）

心臓がドクドクと早鐘を打ち、息もできなくなりそうだった。

正論だったからか、ぴたりとジークフリートの動きが止まった。

「それはもっともな意見だな。女には隠す場所が多くあり、略取を簡単に実行できる術があるという。誘導尋問するのはその後にしようか」

ジークフリートはふんと鼻を鳴らし、意味ありげに微笑んだ。

どうやら、わざと挑発したらしい。彼が疑ってかかっていることには変わりない。

「とにかく、そのままではいられないだろう。ドレスは散々、おまえは裸のままだ。この場面を見られ、俺が妙な趣味をもっているという噂が流れても困る。侍女を呼んでやるからドレスを着せてもらえ」

たしかに彼の言うとおり。上着を脱いでクラヴァットを外したジークフリートと破れたドレス、裸の見知らぬ女……これでは彼がむりやり襲ったようなものだ。

ジークフリートが傍にあった呼び鈴を鳴らすと、まもなく侍女らしき女性がやってきた。

「――失礼します、陛下。これは……」

と息を呑み、ミレーヌの姿に目を止める。

「ハンナ、彼女の着替えを。それから、新しいドレスを適当に見繕ってくれ」

「か、かしこまりました。では……隣の小間部屋へどうぞ」

ベッドの上であたふたと身体を隠していたミレーヌは、おずおずとその場を離れる。

一人に見られようと二人に見られようと、ここまできたらもう仕方ない。一番見られてはいけない人、皇帝に捕えられてしまったのだから。

むしろ、ドレスを着せてもらっているうちに、なにか逃れる術を見つけられるかもしれない。

そう考え、期待に胸を膨らませるミレーヌだったが、あいにくそれは叶わないらしかった。ジークフリートが小間部屋にまで追いかけてきたからだ。

「大事なことを言う。逃げようなどと安易に考えるな。皇帝の命を狙おうとした人間に関与しているかもしれない者に、自由を与えるわけにはいかない」

わざと声を大にして言ったのだろう。ハンナと呼ばれた侍女はぎょっとしたような顔をする。だが平静を装いながらミレーヌの着替えをなんとか手伝ってくれている。

「……わかっているから、もう余計なことをしゃべらないで」

これ以上のことが周りに広まってしまえば、ミレーヌの命はないかもしれない。

とにかく、任務は失敗してしまった。だが、故郷のフェンリヌの森には帰らなくてはならない。

「おまえが正直に話すことを約束するならな。妙な気を起こせば、裸のまま処刑台に突き出すつもりだ」

ジークフリートの冷たい一言に、背筋がぞっと凍る。ミレーヌの脳裏には、処刑台に通されて斬首される我が身が想像された。

「……約束するわ。必ず」

ミレーヌは動揺している声を震えないようにするのだけで精一杯だった。

「よし、最後まで着せてやってくれ」

「かしこまりました」

怖々《こわごわ》とそして訝しむ侍女ハンナの視線を感じながらも、ミレーヌは不安と緊張に身を強張らせる。

しかし、いつのまにかミレーヌの視線は用意された薄桃色の可憐なドレスに吸い寄せられていった。

（……なんて、素敵なドレスなの……）

肩から胸元にかけてゆるやかな弧を描いたデコルテのラインは清楚で、腰の高い位置に絞りがあるために胸が大きく見え、腰回りもほっそりと見える。

ドレスの生地は花びらのように軽い。金剛石《ダイヤモンド》がふんだんにあしらわれキラキラと煌めき、かの白蛋白石《ホワイト・オパール》がちりばめられている。

裾を揺らしてみるたびに均等に飾られたフリルの形がふわりと浮いて、華やかな形へとおさまるのが心地よく、思わずため息がこぼれるような完璧なデザインだ。

「花の精にぴったりのドレスだな」

ジークフリートは腕を組み、思いがけぬミレーヌの可憐な姿に目を細めた。

ミレーヌはというと、頬をほんのり赤く染めて、飽きもせずふりふりとドレスの裾を振ってみる。

いつも蔓草の紐で結い上げていた髪は、人間になってしまったときに胸を隠すほどの長さにほどけてしまっていたが、半分結い上げて肩まで綺麗にウエーブを揃えてもらっている。それもまたドレスの可憐な雰囲気と相まってとても愛らしい。

「本当に……素敵……人間なら、こんなにたくさんの布地を使って、ドレスを着飾れるのよね」

ミレーヌは胸を弾ませて、ひらひらとドレスの裾を翻してみる。妖精となってからはそうそう華美なドレスなど着ることがなかった。飛び回るために短い丈のスカートで脚も剝き出しになっていることが多い。それにしてもこんなに可憐なドレスは初めてだ。

そしてはた、と止まった。

(……って、喜んでる場合じゃないし！　可愛く着飾ってもらえたからって、なに浮かれてるのよ！）

「それでは私はこれにて失礼させていただきます」

「ああ、ハンナ、ご苦労だった。くれぐれも他言はしないように頼みたい」

「……かしこまりました」

ハンナはそそくさと部屋から退出した。さっきのジークフリートの剣幕からすれば脅しでは済まないことがわかる。余計なことを広めるようなことはありえないだろう。綺麗に着付けてくれた彼女に少し申し訳なかった。

再び二人きりになると、ジークフリートは料理人がメニューを考えるかのように腕を組んで、ミレーヌをしげしげと眺めた。

「おまえが花の精のままなら、鳥籠にでも入れておけたが。こうなっては人間として扱わなくてはならない。さて、どうするべきか」

ジークフリートが顎に手をあてながら、考えを巡らせている。

「侍女に見られた以上、今さら使用人として紹介するわけにもいかないだろう。さっきの話題も不審に思うに違いない。俺自身が疑われる材料にもなりかねない。ならば……ちょうど舞踏会が開かれているのだから……おまえを花嫁候補の一人として部屋を与えておくことにするか」

花嫁候補と聞いて、ミレーヌはぎょっとする。

「ちょっと待って。それって舞踏会に参加するっていうことでしょう？」

「ああ、閉じこもっているばかりでは不自然だ」

「万が一、誰かに顔を覚えられでもしたら困るもの。ムリよ」

それも部屋を与えられるのは有力候補だけだと聞いている。アンネリーゼを差し置いてそんなのは冗談でも困る。そうだ、アンネリーゼといえば、二人は一体どうなっているのだろう。

「……なぜ？　妖精なら誰もおまえを知らないはずだ。誰に見られたらまずいというのだ。おまえはどこの人間なんだ」

ジークフリートの瞳が鋭く光る。

「………」

しまった。

また墓穴を掘ってしまったらしい。

アンネリーゼのことを聞ける雰囲気ではない。

だらだらと背中に汗をかきながら、ミレーヌは言葉に詰まった。

「それで、話を元に戻すが、おまえが元に戻るためには、くちづけをした人間と儀式を交わす必要があるらしい。もしも俺が協力しないといえば、おまえはこの先どうするつもりだ？」

「それは……」

言葉に詰まっている間にも、ジークフリートが刻々と攻めてくる。

「おまえは花嫁候補として匿《かくま》われることを拒むという。つまり、自ら志願して、牢獄に閉じ込められたいというわけか」

冷たい牢獄に入れられる我が身を想像して、ぶるっと身震いする。

「それはだめよ……一番困るわ。帰らなくては……」

閉じ込められたら二度と出てこられないだろう。彼をこれ以上怒らせてはだめなのだ、という線引きを感じた。

「随分と、わがままな妖精姫だな。どうしても俺の関心を引きたいらしい」

――と、ジークフリートの身体が突然ぐらりと倒れそうになり、整った眉を顰める。彼はハッとしたようにミレーヌをじっと見つめ、じりじりと詰め寄った。

「何を盛った？……毒ではないな。この感覚は……媚薬か……」

そうだった。矢には強力な媚薬が仕込まれているのだ。彼の胸を貫いたのは事実。たとえキューピッドとなる相手と一緒に射貫かなくても、彼一人に作用することになるはずだ。

（……今頃、効き目が？）

ミレーヌは条件反射的にふるふると首を横に振る。もう何から説明していいのかわからなかった。

「なんのために？」

「……っ」

壁際に追いつめられ、ミレーヌは怖々とジークフリートを見上げる。影になった彼は熱っぽい眼差しを注ぎながら、ミレーヌに迫る。

「ああ、そうか。おまえは人間に戻りたいんだったな。だから俺に妙なものを仕込んだ。それでおまえは俺に抱かれようとしていた。そうだろう？　その上で暗殺しようとでも計画したか？　いい加減に認めろ」

ジークフリートがだんだんと苛々《いらいら》して不機嫌になってきてしまい、ミレーヌは焦る。

「違うわ。あなたを殺そうとなんてしない。それに、私が人間になりたかった……じゃなくって」

「なら、誰が？　なんの目的で？」

もういっそひとおもいに剣で刺された方がずっと楽かもしれない、と思わされるほどの迫力に、喉の奥が詰まる。

（ああ、どう説明したらいいのっ）

いつのまにか追いつめられて壁にぴたりと背中がくっついたまま、頤を摑まれてしまいもう身動きがとれない。

「はっきり言え」

碧い瞳が凍《い》てつくような視線を向けてくる。

「陛下……には……婚約者が、いらっしゃるのだと……聞きました」

声が上擦《うわず》る。背中だけではなく、額にまで汗が流れてきた。

「それで？」

見下ろす瞳は冷ややかなはずなのに、静かに炎を灯しているようだ。

ひとおもいに食べられてしまいそうな、まるで獰猛《どうもう》な獣に睨まれている気分だった。

「正直に答えろ。素直に言えば、おまえを悪いようにはしない」

抑揚のない声で問い詰めてくる口調がやたら甘く、まるで睦言《むつごと》でも交わしあっているかのような錯覚が起きる。

威厳を保っていた彼の呼吸が僅かに乱れはじめている。壁に押し当てられた手からとても熱いものが伝わってくる。これが媚薬の効果なのか。それとも彼の意思なのか。

碧い瞳に見下ろされたまま、ミレーヌはただただ息を押し殺した。

どう言い訳したらいいかなんてもうわからない。フェンリヌ王国を守るためには黙っていなくてはならないこともある。だが、このままではミレーヌ自身が危ないのだ。

喉の奥から少しずつ剝がされ、暴露してしまいそうになる。

「アンネリーゼ王女と、ジークフリート様の二人が……うまくいけば……と」

やっと出てきた言葉はそれだけ。ジークフリートは表情を険しく変え、さらに追及してくる。

「モンタルクの関係者だと言いたいのか。もしくは他の国から？　何を条件にした。見返りの報酬は？」

頭の中でぐるぐると言葉がまわる。

ミレーヌは首を振るだけで精一杯だった。

するとジークフリートは話にならないと首を振り、ふんと鼻で笑った。

「言えるわけがないな。大体おかしな話だ。モンタルクの王女じきじきに婚約を断りにきたというのに」

ふっと彼の目元が勝ち誇ったように笑みを浮かべる。

（今なんて……）

想定外のことを言われ、ミレーヌの思考回路がそこから途絶えた。

「聞こえなかったか？　アンネリーゼ王女は花嫁候補を辞退し、じきじきに婚約の話を断りにきたのだと言ったんだが」

「……そんなっ」

「さっきはその話をするために近づいてきた。俺とは結婚する気がない……と。しかしあの場の混乱を考えれば、公の場でそれを知られるわけにはいかなかった。だから俺は王女を退けた」

「……そんな」

モンタルクの王女が婚約を断ったなんて話は知らない。大広間でジークフリートに近づこうとしていたアンネリーゼ王女は、とても思い詰めたような顔をしていた。消極的な王女のいじらしい一幕かと思っていたが、どうやらそうではないらしい。

ジークフリートの今の発言が、駆け引きでなければ――だけれど。

ここまできたらもはやミレーヌに勝算はない。覚悟を決めてぎゅうっと目を瞑る。

「だが、今はおまえを尋問するよりも、他にもっとしたいことがある」

その言葉にミレーヌはそろりと瞼を開き、彼をまっすぐに見つめた。

「わざわざ媚薬をしかけてくるぐらいなのだからな」

ジークフリートの声色がさらに艶っぽさを増し、見つめる瞳の奥に底知れぬ思惑が感じられた。

コクンと生唾を呑み込み、ミレーヌは彼からの宣告に覚悟する。

「おまえのいうとおり、交わりの儀式を行おう」

ミレーヌは驚いて目を見開く。

「なっ……ま、待って」

「待つ必要はない。俺はこの這い上がってくる欲望から解放され、おまえは妖精の姿に戻れるのだ。利害は一致しているだろう。そもそも、この媚薬は……おまえが原因だ。覚悟するといい」

そう言い、ジークフリートはミレーヌに迫った。

再び影になり、鼻先が触れあう。彼の顎の角度が傾いていき、あたたかな吐息がすぐ傍にかかる。

「ンっ……！」

強引に唇を奪われ、ミレーヌはいやいやとかぶりを振る。だが抵抗の甲斐はなく、捻《ね》じ込まれた熱い舌に口腔内を弄《いじ》られてしまう。たちまち喉の奥に甘い蜜が流れていき、じんとした秘めた疼《うず》きが広がった。

「んんっ……」

ぬるぬると舌が搦めとられるたび、身体の奥底までなぞられるような感覚に囚われた。息継ぎの合間に舌同士が絡まりあう卑猥な音が漏れる。濡れた舌が触れあうたびに身体が熱くなり、秘めたところがじんじんと痺れてくる。

彼は貪るようにミレーヌの唇を求め、口腔では角度を変えながら舌先を吸ったり搦めとったりする行為をつづけた。

「う、……んっ……」

受け身のミレーヌを誘うべく自由自在に蠢《うごめ》く彼の舌戯に応じるにつれ、ビクビクンっと肩が震える。次第に頭の中がぼうっとして何も考えられなくなってしまっていた。

(これが……媚薬の効果なの……それが伝染しているの？)

身体が溶けてしまいそうに熱い。なにかさざなみのようにこまやかに押し寄せてくる甘美な感覚にもう身を委ねてしまいたくなる。

(……これが本物のくちづけ？　……きもちいいなんて……思っちゃ、だめなのに……っ)

腰が抜けてかくんっと膝が折れてしまいそうになるところ、彼の逞《たくま》しい腕に支えられていた。ちゅっと音を立てて唇が離れる。互いの吐息が荒々しく乱れていた。

「このまま、俺の言うとおりに従え」

獰猛な視線に囚われ、ミレーヌはびくっとする。

「言うとおりって……そんな、……まって、……」

抵抗したいのに力が入らない。頭がぼうっとする。

するとジークフリートはミレーヌを抱き上げ、つづき間のベッドに連れていく。それからなだれこむように覆いかぶさって、再びミレーヌのあどけない唇を塞いだ。

「……あ、……ン、っ……」

身体が重たくて、とても熱い。触れあう胸から速い鼓動が伝わってくる。熱っぽい彼の手がミレーヌの髪に差し込まれ、うなじや首筋を支えた。

一方で、彼はもう片方の手でドレスの組紐を強引に解こうとする。胸元が広げられ、背中にもひんやりとした風が入り込んできた。彼の指先で背筋をなぞられ、びくんと震える。

「ひゃ、あっ」

ジークフリートはじれったそうにシュミーズの肩紐をずりさげ、露わになった白い乳房の先に指を滑らせた。それはさっきのような好奇心からの触れ方ではない、女の身体を感じさせようとする淫らな触れ方だった。

「あ、……」

たちまち隆起していく薄桃色の突起を抓《つま》み、くにゅくにゅと擦りあげる。

「や、あっ……」

それだけでは飽きたらず、彼の絹糸のような金髪がさらりと胸の上をくすぐる。

突然ぬめっとした濡れた感触が、胸の先に走った。

「きゃ、ぁ……」

何が起こったのか一瞬わからなかった。

ジークフリートの舌がそこに這わされ、さらに彼の唇が胸の頂《いただき》を含んだのだ。

「あっ……だめっ……そんなところ、舐め、……ないで」

ミレーヌの抗いを無視し、彼は執拗《しつよう》に舐めしゃぶってくる。

初めて体感する甘い快感に、ミレーヌは腰を揺らして抵抗した。

「苺の果実のように紅く染まってきているな。その気になってきているんだろ。触っていればわかる」

「だ、だめ……っ……やめてっ……」

しかしジークフリートはやめてくれない。彼の舌は震える女の頂を咥えて、じゅくじゅくと執拗に唾液を絡ませてくる。突起はいつのまにか茱萸《ぐみ》の実のように硬くなっていた。

「あ、ぁっン……や、……はぁ、……っ…ん、……だめっ」

やわらかな感触を味わうように双乳を丁寧に揉みあげながら、尖端をねっとりと舌で搦めとられると、じんとした甘重い感覚が胸の奥に広がり、身体が熱く火照《ほて》っていく。

「んん、……ぅっ……やぁ……」

泣きそうな声で懇願した。けれどジークフリートの愛撫はどんどん荒々しく淫靡なものになっていき、くちゅくちゅと音を立てながら卑猥な舌の動きでミレーヌの身体の奥を熱くさせた。

ひどいことをしようとしている、疑ってかかっている人なのに、そんな彼からこんなふうに籠絡《ろうらく》されていくなんて、だめなのに……そう繰り返し、理性が堰《せ》き止めにかかるが、それを上回るようにジークフリートの唇や舌が、ミレーヌの快感を引きずりだそうとしてくる。

「あ、あっ……、あぁっ……」

乳房に与えられる重厚な感触と、舌先で舐《ねぶ》られる繊細な感覚とが、下肢に甘い痺れを伝えていた。

さらりと金髪が肩を撫でていく感触すら心地よく、まろやかな双丘がジークフリートの両手に馴染むように包まれ、卑猥な形に捏ねまわされていくのも、不思議なほど甘い気持ちにさせられてしまう。

（なに……このきもち……へんに、なっちゃうわ……）

薄桃色をした乳頭は赤い果実のように腫れて、彼の唾液にまみれたそれは、とても淫猥だ。呼吸をして上下するたびに揺れては、彼を誘っているようにも見えてしまう。そんなつもりなどないのにまるで自ら望んでいるかのように、彼の唇に吸い込まれて濡らされていく。

何度も何度もそうされると、抵抗どころか気持ちいいと感じるようになってしまう。

「ん、……だ、めっ……」

仰《の》け反るように首を反らすと、ジークフリートが耳元に唇を寄せ、密やかに囁いてきた。

「だめ……ばかり言うな。感じているのはわかっている。思うまま委ねろ。その方がずっと楽だ」

低くて艶のある声が、鼓膜に滑り落ちてくる。それは子宮にまで到達したのではと思うほど甘美な響きで、ミレーヌの内部をますます潤した。

耳朶《じだ》を食《は》まれ、ぬちゅり、と湿った音が耳を弄する。さらにぶるぶると喜悦に震えるミレーヌの首筋に、ジークフリートの濡れた唇が這わされ、全身が粟立った。

「あぁ、……ぅっ……」

皮膚の薄いところを鬱血《うっけつ》するほどつよく吸われ、こらえきれずに甘いため息が零れた。舌の動きにあわせて寄せてくる快感で下腹部が波のようにうねり、腰を浮かせてしまう。

ジークフリートはミレーヌの華奢な鎖骨をやさしく食み、指の腹で焦らすように頂を捏ね、再び敏感に張りつめた胸の尖端を甘く噛んだ。

「きゃ、あっ……ぅ……やあっ……」

火がつけられたかのような衝撃に仰け反ると、彼はじゅくじゅくと口腔内で扱《しご》くように舐る。飴玉のように硬くなっていくそこに執拗に吸いつき、時々甘く噛んだ。

そこからもう溶けだしてしまいそうな、下腹部からなにかが溢れていくような気がして不安になり、思わず叫んだ。

「だめ、……、だめ、っ……そうしちゃ、やっ……溶けちゃうっ……」

輪郭がなぞられるたび熱をもって、消えてしまうのではないかと思った。

「……ふっ……溶けているかもしれないな。たっぷり……濡れているだろう。あとでじっくり確認してやる」

ジークフリートの怖い宣言に、ミレーヌはぶるりと戦慄く。彼の肩を必死に押した。けれど彼はとり憑かれたかのようにそこに執着して放してくれない。絶妙な動きで舌を這わせ、体感したことのない喜悦を次々に与えてくるのだ。

「あ、あっ……舐めちゃ、やぁっ……」

「うそつきな唇だな。感じてることはわかってる。こっちの唇は正直だぞ。もっとしてほしいと涎を垂らしている」

本当に下腹部が溶けてしまっているのかもしれない。次々に熱い汁《つゆ》のようなものが流れていくのを感じる。

人間でも妖精でもなく、跡形もなく水のように消えてしまうのだろうか。そんな怖さが込み上げ、ぽろぽろと涙がこぼれた。

「……はぁ、だって……あついの、……やっ……」

綺麗な睫毛が伏せられ、意思を表すようなすっとした鼻梁、形のいい唇から忍ばせた赤い舌が、ねっとりと胸の先を捏ねまわしている様子がありありとミレーヌの瞳に映る。

赤く濡れて隆起していくそれを舌で突《つつ》きながら、ジークフリートはこちらの様子を窺ってくる。

ミレーヌは潤んだ瞳で訴えた。

「おねがい……だめ、……へんな気分になっちゃう……の、やめ、て……」

甘い疼きがじれったいほどに、ざわりざわりと波のように押し寄せてきて、花芯を震わせてしまう。

「イイってことだろう。そうしたくてしている」

ジークフリートはそう言い、胸の先を甘く噛んだ。一度、二度、三度、絶妙に力加減を変えて、ミレーヌの感覚を探っているようだ。

「ひぅ……ッン、ああ……それ、だめぇっ……」

自分が自分でなくなるような不安定な感覚だった。甘美な快楽に蝕《むしば》まれ、理性を放り出して没頭していたくなってしまうような。

「はぁ、……あ、……」

赤く腫れた頂をなだめるようにねっとりと舐められ、胸の奥がぶるりと震えた。ジークフリートの濡れた舌触りが心地よく、彼に舐められているそばから、腰の奥に甘美な愉悦がじわじわと押し寄せてくる。焦らすように舌先をゆったりと転がされるにつれ、甘いざわめきが走った。

「……あ、ん、あっ……ぁっ……んん……」

ちゅうっと激しい吸引にあい、胸を突き出すほどに背中をそらせた。おかげでますますジークフリートの口淫は深まり、唾液にまみれて艶やかに光っているそれは、本当に果実のようだった。

ミレーヌの瞳はとろんと蕩け、唇は半分に開かれ、喘ぐ声は甘く掠れていくばかり。そんな堕落した自分の姿が、彼の碧い瞳に映っていると思うと、やるせなくなる。

けれど、もう理性だけでは堰《せ》き止められないものが、ミレーヌの身体につよく灯されていた。

ジークフリートの両手に乳房を揉みあげられ、硬く尖った尖端を舌先で弾かれ吸われる。その繰り返しに追いつめられていく。

「ん、んぅ……はぁ、……あ、んっ……あぁ、……」

もっとその先を知りたい。もっと激しく求められたい。そんな感情が湧き上がってくるのだ。

「感じやすいな。いちいち反応がかわいい女だ」

揶揄《やゆ》とも慈愛ともとれるようなセリフと共に丁寧な愛撫が続けられる。

ミレーヌは最後の理性を振り絞って懇願した。

「んっ……ン、……も、だめっ……いいの？　私の身体に、毒がある……かもしれなくてもいいのっ……？」

なけなしの脅しだった。しかしジークフリートには通用しない。

「なら、確かめてみるまでだ。そのまま大人しく脚を開け」

そう言い、ジークフリートは今まで触れなかった下肢へと手を伸ばし、秘めた処に指を這わせた。

「ひっ……あっ」

くちゅ、と蜜にまみれた音と共に、強すぎる刺激でビクビクンっと腰が揺れる。それ以上触られたら意識がとんでしまうかもしれない。そんな危機感が迫った。

「や、待って……だめなのっ」

無慈悲に挿入してきた指に中を広げられ、ひっと下腹部が引き攣《つ》る。

「ひっぁあっ……」

必死に拒みたいのに、そのはずなのに、腰を引いて逃れようとすればするほど、意思に反してそこはジークフリートの指を熟れた粘膜で包み込み、たちまち飲みこんでいってしまう。小刻みに粘膜を揺さぶるように抽挿され、さらに痙攣している花芯を抓まれた瞬間、目の前が真っ白に染まった。

「やっ……ぁ、っ……」

熱いものがどっと下腹部の中に溢れた気がした。或いは、とろりと淫らな蜜が滴《したた》ったような。

（……お腹の中が、熱い……わ……ジークフリート様の指が……）

ミレーヌの中を探るように角度を変えて挿入される指が、淫らな動きで責めてくる。

「まるで媚薬を飲んだみたいに、おまえのここは溶けているようだな。まさかここにも俺を捕えるために媚薬を隠しているのか？」

ジークフリートはそう言いながら指の尖端をくいっと曲げ、わざとくちゅ、くちゅと音を立てて蜜が滴っている様子を見せつけてくる。

「ちがぅっ……わ、……していないっ……指、だめっ……」

「指がだめならば、舌で毒見だ。余すところなく舐めてやる」

ぬぷっと舌を陰唇の隘路《あいろ》に差し込まれ、臀部《でんぶ》が窄《すぼ》まる。

怖い宣言にミレーヌは涙を零した。

「や、そんなところ……舐めるなんてっ……いやよっ……いやっ……だめっ」

「おまえは知らないんだな。男は女を愛したくてここを舐める。女も好きなところだ」

「知らないものっ……」

かぶりを振りながらミレーヌは顔を赤くして必死に抗う。

普段、自分でさえも見たことのない秘めた場所を暴かれただけでなく、ジークフリートに見られているなんて恥ずかしくてたまらなかった。必死に腰を引こうとするが、彼の手が放してくれない。

さらに紅玉のような尖端をちゅうっと啜《すす》るように舐られ、意識が一瞬飛びそうになった。

「あ、んんっ……ぁっ……ふぁ、っ……」

だめだとジークフリートの肩を必死に押しても、びくともしない。蜜は止《と》め処《ど》なく溢れ、彼の形のいい唇を濡らしていた。舌が幾度も敏感な箇所に張りついてくる。その耐えがたい刺激がミレーヌをよりいっそう淫らにさせる。

「狂うほどきもちいいのは、おまえの方だったな」

「や、ぁっ……舐め、……ないで……っ」

びくびくっと内腿を揺らして、淫らな責め苦から逃れようとミレーヌは懇願した。

「おまえのここは、そう望んでいない」

ジークフリートはつづけて陰核をくりくりと舐る。

「あ、あん！」

彼の言うとおり真っ赤に充血したそこは、いくらでも快楽がほしいと物欲しげにひくひくと戦慄いている。そんな浅ましい自分が恥ずかしくてミレーヌは目をぎゅっと瞑った。

「はぁ、あん、っ……やぁ、っ」

しかしそれ以上彼の指は入っていかない。入口あたりで抜き差しをして中をほぐし、その代わり頂上でひくついている花芯に、蜜にまみれた指の腹を滑らせた。

「ん、……あ、あ、っ……」

小刻みに痙攣し、なにかの合図かのように中がぎゅうぎゅうとうねる。

いまだかつて感じたことのない繊細な愉悦の連続に、ミレーヌは泣きそうな声をあげて抵抗した。

「だめ、……それ以上したら、……私っ……おねがい、ヘンなのっ……もうっ……」

激しい尿意のようなものが込み上げてくる。このままでは粗相をしてしまいかねない、と思った。けれど、それともまた違った、つよく、つよく、感極まった熱っぽい衝動が起こる。

「ふあっ……あぅっ……んっ！」

ぞくぞくと背筋が戦慄き、つま先が宙をかく。

「あ、あっあっ……ん！」

ジークフリートの舌を受け入れるべく、ビクンと臀部が震えあがり、秘めた蕾が突き出すように花を開かせていた。

「我慢できないか？　いい……そのまま感じていればいい」

そう言いながら彼は濡れた舌先で隘路を上下に弄りながら、硬くなった花芯をおもいきり食んだ。舌先で突いたり転がしたり噛んだりされるにつれ、ますます敏感になっていき、どれほどでも感じてしまう。

「……こわいわっ……やめ、……あぁ、っ……んんっ！」

ジークフリートの容赦ない舌戯に追いつめられ、ミレーヌはがくがくと腰を揺らした。激しく吸われると、もうそれ以上先のことは何も考えられなかった。ただ無我夢中で与えられる喜悦に身を委ねていた。

「あ、あっ……あ、ああ――っ」

すべての思考をとりあげられてしまったみたいに、頭が真っ白になり、どろりとなにかが蕩けでた。弾かれたように胴が震え、腰の奥が甘くよじれる。

全身から汗が拭きこぼれ、ビクンビクンと脈打つような痙攣が止まらない。

溶けだした快楽の残滓《ざんし》が下肢にとろりと落ち、秘めた内部が激しく蠕動《ぜんどう》しつづけている。

て枕にしがみつく。

ミレーヌはぱたり、と膝を閉じて横たわり、おさまりのつかない震えをどうにかしたく
一体自分の身に何が起きたのだろう。達してしまっても尚、中がまだ強い刺激を求めているかのように蠢いているのだ。

ジークフリートは閉じてしまったミレーヌの膝をくぱりと開き、余すところなく飲み干すかのように、花びらから零れ落ちる甘露を舌先で舐った。

「……はあ、……ン、あっ……ぁっ……」

敏感になりすぎたそこが辛い。けれど、ゆっくりと弛緩していくまでジークフリートはやめなかった。

全身から力が抜けて混沌とする中、ミレーヌは自分の手のひらを見つめた。これで元に戻るのではないかと思ったのだ。

(……戻らない……)

「儀式を交わさなくてはならないのだろう？　そんなことも知らないとは……随分と幼いものだな。その割には成熟した器だ」

ジークフリートに揶揄され、ミレーヌは真っ赤な顔をして彼の胸を叩く。しかし手に力が入りきらない。腰もがくがくして立てない。興奮して赤く張りつめた乳房の先が、呼吸とともに上下に揺れていた。

「もっ……離れて」

「俺がおまえと完全に結合しなければ、儀式を遂行したことにはならない。どうするんだ。続けないのか？」

なんだか楽しんでいるような揶揄するような顔をしているジークフリートがにくたらしい。

ふと太腿になにかが当たるのを感じて、ミレーヌはハッとする。

彼の硬く張りつめた屹立《きつりつ》が、ミレーヌの蕩けた秘部にあてがわれようとしていたのだ。太い血管を浮きたたせて隆起したものの大きさを察して逃げ腰になる。

「む、むりっ……まって、むりよっ……」

仰け反ったところで遅い。そそりたった肉棒の丸みを帯びた雄芯が、いままさに濡れた女陰を押し開こうとしていて、ミレーヌは青ざめる。

(こんな……大きなものが？　今度こそほんとうに身体が壊れちゃう……！)

「俺を化け物のように言うな。男なら誰でも持ち合わせているものだ」

ジークフリートが尖端の括《くび》れのところまで挿入し、くにゅくにゅと濡れた襞《ひだ》を抉《えぐ》る。ミレーヌが溢れさせた蜜に濡れて艶々といやらしく光っているのが、見ていられなかった。

「ひっぅ……だ、だって……」

膝を揃えられ、まさか彼が強引に入ろうとするのではないかと青ざめたままぶるぶると震えて構えたところ、意外にも彼はまっとうな結論を下した。

「おまえを痛めつけるような真似をするつもりはない。だが、おまえをそうそう簡単に逃すつもりはないことを覚えておけ。まずは狙いを知ることからだな。敵か、味方か――」

ジークフリートはそう言い、ミレーヌの唇に自分のそれを重ねた。

「んっ……」

その拍子に彼の体重が圧しかかり、臀部をぐっとつよく引き寄せられ、ぴたりとあわせられた内腿の間に彼のものが潜り入ってくる。

「やぁっ……」

覚悟を決めた途端、ずるりと臍《へそ》のあたりに滑った感触がした。その弾みでぴちゃりと下腹部に蜜が跳ねる。

「えっ……えっ？」

（どうなったの……⁉）

「今はこれで我慢してやる。おまえは早くこの感触に慣れるがいい」

深いところを掘削するように腿の間を抜けてくる彼の屹立が、再び臍のあたりに当たり、彼の尖端の窪みから零れてくる透明の雫で濡れていく。

ジークフリートは腰を振りながら、ミレーヌの臀部を引き寄せ、秘所の先についた紅玉に指をいやらしく擦りつけながらずんっずんっと律動をつづける。

「はぁ、ぁっ……いや、やっ……そこは……弄っちゃ……だめ、……」

ぎゅうっと瞼を閉じた拍子に涙が吹きこぼれた。内腿に力を込めたところ、ますます彼のそこは大きく張りつめて硬くなる。打ちつけてくる彼の胴がとても熱い。

彼はミレーヌの瞼にそっとくちづけながら、腰を動かす速度をどんどん速めていく。杭を打つかのように肉体がぶつかって卑猥な音を部屋に響かせる。

「ん、はぁ、……やぁっ」

「泣くほどいいのか」

耳朶をねっとりと食まれ、さっき感じた絶頂がじわじわと押し上がってくる。

「おまえのさっきの上りつめた顔が見たい。もっと俺を欲しがれ」

求愛するような甘い声音が滑り込んでくる。耳を舐め、頬を掠め、そうして再び、唇を奪われる。口腔に挿入《はい》ってきた舌の淫らな動きにあわせて、彼の熱棒が秘所の潤滑油を得てぬちゅぬちゅと押し込められる。

「……ぅん……っん、……んっ」

あたたかくて逞しい肉棒の感触が、ミレーヌの脳に記憶されていく。

いつ中に押し込まれるかもわからない不安と引き換えに、甘い疼きを走らせる場所を指で丹念に愛され、ジークフリートの硬い胴が臀部にぱちん、ぱちんと激しく当たるたび、もう、一つになったのではないかという錯覚に陥った。

敏感な花芽に熱が走り、潤んだ媚肉をこすられるうちに、さっき達したとき以上に熱い波がやってくる。彼の動きも荒々しくなり、ああ終わりが近づいているのだと悟った。

ずんっと突き上げるように腰を動かされた瞬間、ミレーヌの身体がぶるりと跳ねた。

「やっ……あっあっ……あ――――！」

下腹部に熱い飛沫《しぶき》が放たれたのを感じながら、ミレーヌ自身もまた二度目を上りつめ、白い世界を彷徨《さまよ》った。

互いの吐息が荒々しく入り混じる。汗ばんだ肌が熱く、覆いかぶさってきた身体が重たい。ジークフリートの心臓の音が速く、ミレーヌのと重なりあって激しく鼓動を打っている。吐精させたあとの物憂げな眼差しは、えもいわれぬ色香に満ちていて、汗ばんだ金色の髪に滴る雫《しずく》は宝石のように綺麗だった。

（……ずるい、わ……こんなときまで……綺麗だなんて……）

「……おまえには男を夢中にさせる、素質があるようだな。それともこれは……やはり媚薬か、毒か……？」

そう言いながら紡がれるくちづけは、蕩けそうなほど甘美で……これこそが毒だ、と混沌とする中で思った。

それからミレーヌの身は侍女のハンナに引き渡され、湯あみを手伝ってもらってから、改めてジークフリートの私室の前まで案内された。

ジークフリートの部屋の扉が開かれると、まっさきに彼の姿が目に入り、ドキッとした。さっぱりと爽やかに身を整えてあり、さっきの熱っぽかった彼の姿はもうない。

ミレーヌはジークフリートの思うままに触れられてしまったことが悶々と蘇り、うまく目をあわせられなかった。

「お話を済ませられましたら、お部屋にご案内いたします。ご用命の際はどうぞ呼び鈴をお使いくださいませ」

ハンナが至極当然のように言うので、ミレーヌは驚いてジークフリートの方を振り仰いだ。

「あの、お部屋って……」

「おまえの部屋は庭園のすぐ傍、東の方『光の間』にさせてもらった。あとでよく見てみるといい。城の中で一番いい部屋だ。きっと気に入るだろう」

ハンナが部屋から完全に退くまで、ミレーヌは追及したい衝動を必死に抑えた。そして扉が閉まるのを見計らい、彼を詰問した。

「待って……ほんとうに……私を花嫁候補として紹介するつもりで？　本気なの？」

「そのつもりだ。さっきも言ったはずだが、他におまえを匿《かくま》う理由がない」

淡々とジークフリートは受け流す。

たしかに人間の姿になってしまった以上、宮殿の中を必要以上にうろうろするわけにいかない。

ミレーヌの存在を知る者は、ジークフリートとさっきの侍女だけ。まして最有力候補にあがっている王女や令嬢を押しのけて、出所のわからない女が花嫁候補だなんてことが知られたら、それはそれは大騒ぎになるに違いない。

結局、儀式を行うと言ったことは……単なる脅しだったのだろう。

「ま、まって、それはマズイわ。だめよ……なにかあったときにごまかせないもの。私が入ってきたことで、疑われてしまったら、あなただって困るでしょう？」

ミレーヌは必死にアピールした。花嫁候補だと発表されてしまったら面倒なことになるのは目に見えている。使命を果たす前に、別の厄介事が舞い込んでくるのはごめんだ。

「そうだな、何かおかしなことがあれば、城の人間はおまえが間諜《スパイ》として入り込んだのではないかと疑うかもしれない。実際は——おまえが捕囚になっているわけだが」

媚薬に参っていた彼とはまったく異なる冷たい視線。だが、それは嗜虐的な感じがして、妙に落ち着かない気持ちになる。

「おまえの身体は奉仕するためにあるようなものだったな」

ジークフリートの目元が、ふっと意地悪に綻ぶ。

「……っそんなふうに、言わないで」

「悪くなかった、と言っているんだ」

「同じことだわ。あ、あんな……ことをして」

思い出すだけで顔が赤くなってしまうし、恥ずかしくて消えてしまいたくなる。

「いやなら振りほどけばよかったはずだ」

ドキリと後ろめたさで鼓動が跳ねる。

ジークフリートの言うことが的を射ているからこそ、ミレーヌは認めたくなかった。

「あんなふうに押さえつけられていたら、無理だわ」

「おまえは……俺に感じていたんだろう」

「ちがうわ……違う」

(そうよ、不可抗力よ。したかったわけじゃない)

ミレーヌはジークフリートの言葉に惑わされないように必死に心の中でも言い聞かせた。魔法が使えるのなら、自分の記憶を消せる能力があったらいいのに、とすら思った。

「違わない。素直に認めろ」

悔しい。どれほど否定しようとも、彼に触れられた場所が今になって疼くのだから。その形のいい唇が隅々まで触れようとしたこと、その長い指先が未熟な白い肌に這わされたこと……そして、彼の前で淫らに乱れていた自分自身のことが鮮明に思い出される。身体が覚えている。

今さら恥ずかしくなり、頬に熱が走る。ミレーヌはジークフリートを見つめていられなくなり、ぱっと俯《うつむ》いた。

くすり、とからかうような彼の笑い声が耳障りで仕方ない。

「顔をあげろ」と命じられ、びくっと肩が震える。有無を言わさない雰囲気に、仕方なく顔をあげると、今度は揶揄することなく真剣な表情が向けられていた。

「もうひとつ大事なことをおまえに告げておこう。俺は皇帝という立場にあるが、それが必ずしも安泰なものだとは思わないでもらいたい。上に立つ者として、命を狙う者がつきまとう。それが世の常だ。俺に万が一のことがあったときまっさきに疑われるのは誰か、よく考えよ」

そう、もしもそうなったとき、ジークフリートが特別に匿っていたミレーヌがまっさきに疑われるだろう。彼に何かがあったら他に誰も庇《かば》ってくれないし、ミレーヌが妖精から人間へと変貌を遂げたところを見ていない者たちにいくら理解を求めようとも無理なことだろう。

「なにが言いたいの」

「言葉通りのことだ」

つまり、ここで唯一信頼できるのはジークフリートだけ。味方につけたいなら今すぐに事実を白状しろということを彼は言いたいのだろう。

まわりくどく、疑い深い彼の性格も行動も、この大陸における事情を察すれば、無理もない気がした。

歴史を繙《ひもと》けば、ラインザー帝国も最初は諸国の一つにすぎず、王国の中から優れた王が皇帝となり今のラインザー帝国を築いた。現在もこの大陸では自国の繁栄のために、熾烈な駆け引きがなされているのだ。

皇帝として君臨していることが必ずしも安泰なものではないという言葉には彼にしかわからない重みが感じられた。

しばし長い沈黙が流れる。

ミレーヌは神からの洗礼、自分に与えられた使命を脳裏に思い浮かべ、すうっと深呼吸する。

そして——一つの結論を出した。

ジークフリートを信用しよう。彼という人を。なぜなら今彼は自分の弱味を見せてくれた。ならばこちらも心を開いてみようじゃないか。

「……話すわ。ただ、これだけは約束してほしいの。私の話をきちんと信じてほしい。私もあなたを信じるし、嘘を話さないことを約束するわ」

「……いいだろう」

ジークフリートは彼が腰かけたソファの隣に顎をしゃくり、ミレーヌに座れと促す。

ミレーヌは何から喋ったらいいのかこれまでのことを頭の中で整理しながら、彼の隣にぽすんと腰を下ろした。

亡国の王女だと知ったら、彼は一体どんな顔をするだろう。吉と出るか凶と出るか……しかしもうここまできたら迷っている暇はない。信じて、打ち明けようと決めたのだから。

ミレーヌはおもいきって口を開く。

「私の名は、ミレーヌ・シャレット・フェンリーヌ」

「フェンリーヌ？」

ジークフリートはすぐさま反応を示した。

フェンリーヌは王家の者が引き継ぐ名前だ。十七歳を迎え、洗礼を受けるのと同時に与えられる。フェンリヌ王国を表す大事な冠《ティアラ》にもしっかりと刻まれている。

「そう、あなたが大広間で大臣と話をしていた、件の亡国の王女よ」

「……おまえが、フェンリヌ王国の王女？」

ジークフリートは訝しげな顔をして、ミレーヌを見つめる。さっそく疑われてしまったのでは立つ瀬がない。

「嘘じゃないわよ。神に誓って。そう前置きしたでしょう？」

「ただ想像とは程遠いと思っただけだ。あどけない少女が絶世の美女とは——」

「……っそれは、噂話が大きくなっているせいよ」

むうっとして、ミレーヌは顔を赤くする。

——なんて失礼なひと。

それと同時にミレーヌはだんだんとジークフリートの人柄がどんなものかわかりつつあった。

彼は懐疑的であるが駆け引き上手で、その上嘘のつけない人間というところなのだろう。

「まあいい。それで？」

（……まあいいって、そっちが言うセリフ？）

内心憤慨しつつ、ミレーヌは気分を入れ替えるためにも大仰にゴホンっと咳払いをする。

「そう、それで……皇帝のあなたならご存知かもしれないけど、シュバルト王国が勢力を強めているわ。フェンリヌの森にはもうずっと誰も近づかなかった。神隠しを恐れて……。けれど、うちの視察団の話からすると、このところ国境近くに人の気配がどんどん増えているようなの」

「その理由は、ピエレーネ鉱山――だな」

ジークフリートが険しい表情で口を挟む。大陸を牛耳るラインザー帝国なのだから、それぐらいのことは把握しているだろう。

「ええ。ピエレーネ鉱山から、貴重な宝石がたくさん発掘されている。とくに様々な色と輝きをもつ蛋白石《オパール》が……。私たちは宝石の恩恵をもらって色に応じた能力をわけあたえられ、妖精として生き延びることができた。だから、このままの状態で侵略をされたら困るわ。ピエレーネ鉱山はモンタルクの山の麓からフェンリヌの森に繋がっている。だからシュバルト王国はモンタルク王国となんとか手を組めないか必死のようよ」

説明しながらミレーヌは、ジークフリートから聞いたことを思い浮かべる。なにか、胸にひっかかるものを感じて、はた、と止まった。

そして、大事なことを思い出したのだ。

モンタルクの王女アンネリーゼが婚約を断ってきたという事実を。そして疑問が浮かぶ。なぜ、断らなくてはならなかったのか。

「まさか」

シュバルト王国による政略結婚の横取り……？

ミレーヌが言葉にしなくても、ジークフリートには通じたようだ。彼はため息をついた。

「そういうことだろうな。裏で手を引いているものがいる。強欲な王が考えそうなことだ」

強欲という言葉を、侵略をつづけてきたラインザー帝国の皇帝が発することに妙な違和感を覚えつつ、ミレーヌは説明をつづけた。

「私たちは、あなた……いえ、皇帝陛下にモンタルク王国の王女アンネリーゼ様を見初めてもらい、今一度モンタルク王国との絆を深めてほしかった。そして諸国との結託を強め、滅亡してしまったフェンリヌ王国の復興を叶えられるよう、きっかけを作るつもりだったの。現に、これまで結婚に対して積極的じゃなかったという皇帝陛下が、花嫁探しをはじめるということだったから、こんな機会は二度とないと必死だったわ。それしか……私たちが生き延びる術《すべ》はないんですもの」

けれど、もうそれは叶わない。

モンタルクの王女アンネリーゼは花嫁候補の最有力者といわれながら、わざわざ婚約を辞退しにきたという。おそらくシュバルト王国側に寝返るつもりなのだろう。

そして、モンタルクの辺境にある亡国フェンリヌの王女ミレーヌは捕囚として皇帝陛下の目の前にいる。占術師の予言にあった青い鳥だと見間違えたあれは宿敵の鸚鵡だった。

これが現実……。もうどう考えてもフェンリヌ王国は不利だ。

「愚かなことだ」

ジークフリートは再びため息をつき、遠くを見るように目を細める。

「つまり、フェンリヌもモンタルクも見事に泳がされた国の一つということだな。俺が花嫁探しをし、モンタルクの王女を最有力候補としているという噂を流した途端、妙な動きが増えたのだからな」

「……っ」

ミレーヌはハッとする。つまりアンネリーゼ王女が断ることはラインザー帝国としては想定内のこと。それを知らずにモンタルク側は辞退し、フェンリヌ側は二人の仲をとりもとうとした。

彼が愚かだと言いたくなるのも無理はないだろう。ラインザー帝国にとってはシュバルトも、モンタルクも、フェンリヌもすべての諸国が同じ穴の狢《むじな》だということなのだから。

「利用しようとしたことは謝るわ……」

それ以外に言葉が出ない。

「いや、おまえが妙な罠をしかけてきたことは面白くないが、おかげで各々の勢力図がはっきりした」

さっぱりとした口調で、ジークフリートが言う。彼の表情からは諸国をまとめる帝国としては立つ瀬がないといった感情が窺えた。

その様子にズキンと胸が疼く。ジークフリートはこちらを見ようとしない。落胆したような彼の感情が流れ込んでくるようで、ミレーヌは焦った。

「でも、私たちは他の国とは違うわ」

「諸国はこぞって同じことを言うだろう」

「いいえ。私たちは欲のために動いているわけじゃない。中立の国として復興したいだけなの。国の人々の平穏な暮らしを望みたいだけ。緑や花や草木や果実が蘇るような……慈しみ、尊く、互いに人を思いあえるような……」

「そのような国が存在すると思うか、この大陸に」

「存在するわ。フェンリヌスこそが、そうであると……必ず証明してみせる」

シュバルト王国側とは考えが違うのだということを、きちんと伝えておきたくて、ミレーヌは必死に訴える。

と同時に、孤独の帝王ジークフリートのことを想うと、胸がきゅっと締めつけられた。

彼は疑わざるを得ない環境にあり、彼ほど信頼という言葉を欲している人間はいないのではないだろうか、と思ったのだ。

「他人の手を使ってどう証明するというのだ。我が欲のために他人を利用する。同じことではないか」

「それは……」

守るべきものがあるからだ。けれど、ジークフリートの言うことがもっともすぎて、反論する言葉が出てこない。

「おまえの言うことはすべて理想だけを並べた机上の空論だな。モンタルクの王女を使う気があったのなら、おまえ自身が身を売りにくればよかったのではないか」

ジークフリートは長い脚を組み換えながら、そう言った。

たしかに彼の言うことはもっともだ。かつてはそうして繁栄させていった国もある。

――が、それはできなかった。肝心な話。妖精の姿のままでは人間と結婚することはできない。そもそも人間と接触することを禁じられているのだから。

奇しくも禁忌とされるキスをジークフリートから受けてしまい、人間に戻ることになるなんて――誤算だった。それほど自分がダメな人間だということを改めて思い知らされ、落胆する。

ミレーヌは黙り込んでしまった。

ジークフリートはなにか考えているような顔をしたのち、閃いたように瞳を光らせる。

「おまえのところの実権を握っているのは誰だ」

唐突な質問に、ミレーヌはビクンと肩を揺らす。

「王太子が……」

喉の奥から剝がれていくようにするりと言葉が出た。

ミレーヌは従兄のローレンツを思い浮かべる。と同時に、ジークフリートの険しい表情から、なにかよくないことが降りかかるのではないかと不安を抱いた。

「それが……何か関係あるというの？」

「もともとおまえが捕まることを計算の上で、送りこんできた……とも考えられなくない」

ジークフリートの一言にミレーヌは「まさか」とショックを受ける。

「そんなことないわ。私は十七歳の誕生日に洗礼を受けたの。そのときに使命を受けたのよ。私はこのとおり……ドジで……よくいろんなことやらかしてしまうから、皆心配してくれて、それで……送り出してくれたのよ」

あのローレンツが、溺愛しているミレーヌを駒のように使うなんて考えられない。

ミレーヌはジークフリートが口を挟もうとしているのを遮って言った。

「それに、矢は強力な媚薬が塗られていたの。私は皇帝陛下とモンタルクの王女に向けて放つように。そのはずが、あなただけに――」

じっと見つめられ、ミレーヌは口を噤む。

「……ごめんなさい」

自分の浅ましい罪を露呈することになってしまい、ますます分が悪い。

「過ぎてしまったことはいい。事実を確認したいだけだ。俺とアンネリーゼと、どちらを先に狙えと？」

「……皇帝陛下を」

質問の意味を図りかねたミレーヌはありのまま答える他になかった。もはや駆け引きできるような状況ではないし、もうこちらには隠すものなど何もない。

「そうだろう。そして失敗するとは考えずに、おまえは挑んだ。否、挑まずにはいられなかった。つまり、それは王太子の思惑通りだったのだろう」

「それじゃあ、私が失敗することが想定内だということ？」

ジークフリートは黙ったままミレーヌを見つめる。

「それ以外に矛盾を証明できるものはない」

彼の言っていることは理論的にわかる。

『ドジなミレーヌ様』とこれまで侍従たちに散々心配されてきたのだ。あれほど引きとめるようなことを言われ、従兄ローレンツも心配してくれていた。なにかあれば必ずローレンツが力になってくれた。

だが、今回は司祭からの洗礼を受けたミレーヌ自身の使命だからと引かなかった。

(おにいさまが……私を……ジークフリート様の花嫁に……？)

「絶大な信頼を得ている人間こそ、一番の危険人物であるということもある」

端から疑ってかかるジークフリートにミレーヌは即座に否定する。

「おにいさまはそんな人じゃないわ。本当にフェンリヌ王国のことを心配しているもの。もしも……なにか他に目的があるとしたら、あなたにキスされることも……想定内だというつもり？　私が人間になって……あなたを虜《とりこ》にすることも？　そんなにうまくいくはずがないもの」

第一、媚薬が成功したかどうかも、この男の様子からは窺い知れないのだ。

「虜になったつもりはないが」

ふっと笑みを零す彼に、ミレーヌはカッとする。

「た、たとえばの話よ」

「キスで人間に戻る、というのも王太子から言われたことか。それが真実とは限らないだろう？　媚薬は誰から渡された」

「それは……」

「旅に出る準備は、すべて王太子が根回しをしたのだろう」

「そう、だけど……」

「アンネリーゼを推したのは、既に断るつもりでいたことを知っての上で、おまえのドジに託したのかもしれない」

「……」

ついには無言。ミレーヌは自信がなくなってしまった。

悔しいが、彼の言うことはすべて的を射ている。信念をもってここへやってきたことが、根本からひっくり返されてしまい、不安で胸がいっぱいになってしまった。

「裏をかけば、それほど王太子はおまえのことを深く理解し、信頼し、賭けていたのかもしれない。〝失敗する〟――ということを」

「それなら！　最初から伝えるはずよ」

「愛している者を傷つけぬために、ときとして真実から遠ざけることもあるだろう」

淡々とジークフリートは言う。

「愛しているからこそ真実を伝えたいと思うわ。あとから傷つくのなら一緒だもの」

「ふん。なるほど。王太子はおまえを傷つけようとするような人間なのか。或いは、邪魔者のおまえを排除し、なにかを企《たくら》んでいるかもしれない人間なのだな」

「違う！　おにいさまはそういう人じゃないもの。あなたの言うように、私に別の意味を託したとしても、それは裏切るためじゃない……すべて王国のためよ」

彼に呑まれてはだめだ……と言い聞かせるが、湧き出た疑問が止まらない。じわじわと身体を蝕むように張りついて、侵食していってしまう。

ジークフリートの手がミレーヌの頬に触れた。ぱちんと目が覚めるかのように、ハッとして彼を見上げた。

「ならば証明してみればいい。交わりの儀式を」

ふっと艶《なま》めかしい視線を感じて、ドキリとする。

「どうして……そうなるの？」

「おまえが交わりの儀式を済ませても人間のままで妖精に戻ることがなければ、王太子がおまえを故意に差しだしたということになるわけだ」

「……」

「試してみなければ、わからない。怖いか？」

ふっと目元を綻ばせ、皮肉げに口の端をあげる。

どちらにせよ、ミレーヌは儀式を行わなくてはならない。けれど、それ自体がもしも仕組まれたことだったなら……。

ジークフリートの意見によって、ミレーヌの心が揺れる。

「でも……」

言いよどんで、唇を噛む。

「ああ、そうだ。よくよく考えれば、これは俺に対する罠かもしれない。おまえを抱こうとした時点で、おまえに何かが起こる前に、俺の命が危うくなるかもしれない。どういう選択をするか、結論を出すには……互いにもう少し考える必要がありそうだな」

その言葉にミレーヌはホッとため息をつく。

ジークフリートの腕に抱かれる、ということを考えた途端、身体が燃えるように熱くなった。疑似行為とはいえ、彼を受け入れてしまった。今度は本当に彼を……？

——と同時にローレンツへの不信感を募らせてしまった我が身を呪った。

（なんてこと考えてるの。おにいさまは……純粋な気持ちで私をここに……そのはずよ。みんなだって……）

自国の王太子を信じられなくてどうするのだろう。ミレーヌがただジークフリートに言いくるめられているのかもしれない、と疑う心をもたなくてはならないのに。だが、一度でも疑問を感じると止まらなくなってくる。

（もう、何を信じたらいいの……わからない）

「そんな顔をするな」

ジークフリートが間近から覗きこんでくる。その瞳の色は先ほどとは違って、やさしいものだった。

「王太子の考えはわからない——賛同するつもりもないが、俺は割とおまえを気に入っている。花嫁候補の一人にぐらいしてやってもいい」

見守るような甘やかすような、さっきまでと打って変わったジークフリートの態度にミレーヌは、条件反射でぽぅっと頬を赤くして戸惑う。

(どうしてそんな顔で見るの……調子が狂うわ)

「……気に入ってるって、初対面で簡単に決めていいの？　あんな盛大な舞踏会を開いておきながら。あいにく、私だって好みぐらいあるわ」

ツンっと顎をあげて偉ぶってみるが、

「どんな男が好みなんだ。おまえを極上の快楽へと押し上げるような器をもった男か」

くすくすと揶揄《やゆ》するように笑われてしまう。ミレーヌはますます真っ赤な顔で反論した。

「ち、違うわよ、なんてこと言うの」

「では、どんな？」

ジークフリートは今度は凛とした瞳を向けてくる。

真剣な顔で見つめられ、ミレーヌは言葉に詰まった。

「そ、それは——」

と、浮かんできたのは柔和な笑顔を浮かべるローレンツのこと。だが砂嵐にでもあったかのように残像がかき消されていき、なぜかジークフリートの顔が浮かんで、目の前の人と重なってしまった。

彼から貪るように愛撫された記憶が浮かび上がり、ぶんぶんと頭を振る。

（な、なに考えてるの。違うったら……！）

愛撫ではない、あれは嗜虐《しぎゃく》だ……。

「もったいぶるような相手でもいるのか？」

「と、とにかく、あ、あなたみたいな人……じゃない人よ！」

じいっと見つめられ、ミレーヌの翠玉石《エメラルド》の瞳が波のようにゆらゆらと揺れてしまう。

するとジークフリートはぷっと笑いだした。

「おまえのそういう態度や、色々と騒がしいところが気に入った。余分なことをあれこれ考えることがばからしくなってくる」

ふっと笑いをかみ殺して、ジークフリートが言う。

「なっなにがおかしいのよ」

ミレーヌは真っ赤な顔をして、ふいっと顔を逸らした。

「あなたの方こそ、私にとりいって何かよくないことを考えているかもしれないわ。信じられないんだから。それと違って、我が王太子殿下はとても誠実でやさしい人よ」

そう言いながらも、ふと思った。

余分なことを考えてしまう、という彼……つまり思慮深い彼は、常に様々なしがらみを抱えて、心休まる暇がないのではないかと。

（……なんで、この人に同情してるのよ……私、ヘンだわ……）

「よほどおまえは王太子に心を許しているらしい」

「……そうよ。信頼が国を築く。おにいさまはいつもそう言って、信念を曲げなかった」

「国の大事とは引き換えにならない」

「それは、だから……」

堂々巡りになってしまい、いい加減に辟易した。ジークフリートを納得させるのは容易なことではないようだ。

「ミレーヌ」

初めて名前を呼ばれ、ドキリとする。

考えてみたら、その呼び方をするのは二人しかいない。一人は従兄のローレンツ、そして……目の前のジークフリート。だがローレンツに呼ばれるときには感じないような甘い重厚感に、ミレーヌは戸惑った。

「な、なによ」

「とにかくおまえがここから帰りたいなら、儀式を交わしてみることも選択肢の一つだ。望むなら機会を与えてやってもいい。だが、男がいつでも欲情する生き物だと思ったら間違いだ。その点よく考えて行動するんだな」

ジークフリートはそう言い、手元にあった呼び鈴を鳴らす。二の句を継がせないつもりだ。すぐに侍女が部屋に入ってきて、ミレーヌの案内係として待機する。

「部屋に戻って休むといい。おまえも色々考えたいことがあるだろう」

やさしさなのか、何か思惑があるのか、彼の表情はわかりづらい。

ミレーヌの回答次第でジークフリートの考えや行動が変わるかもしれない。

とにかく短絡的なことでは済まされないかもしれない。一晩じっくり考える時間があってもいいだろう。

選択肢の一つ――。

「今夜はそうさせてもらうわ」

ジークフリートは頷き、侍女に連れていくよう視線で合図する。ミレーヌはドレスの裾を摑んで、嫌味をたっぷり込めて挨拶をした。

「短い間の滞在なのに、わざわざ素敵なドレスをどうもありがとう」

くるりと背中を向けたところ、ああそうだ……とジークフリートが口を開く。

「ドレスといえばもうひとつ、妖精に戻ったときのために、新しいドレスを用意させてもらおうか。裸でうろうろされては困るからな」

「……っ」

彼の言うとおり、結構です、と言えない身が憎い。

妖精に戻るための儀式をするか否かは答えられない。でも、実際に妖精に戻ったら、今着ているドレスは脱げてしまい、水たまりのように広がってしまうだろう。

人間になろうとも、妖精に戻ろうとも、着るものがなくては晒しものだ。

悔しくて、あえてジークフリートの表情を見ずに退出したが、きっと彼はまた皮肉げに笑っていたことだろう。

ミレーヌは与えられた東の部屋『光の間』で一人きりになったあと、窓辺に立って夜空を眺め、大きなため息をついた。

「はぁぁ……これから、どうするの……助けを求めたくたって、このままじゃ……無理だわ」

ジークフリートと同じく、ミレーヌにもバルツァー大陸の勢力図はわかった。諸国がそれぞれの思惑に奔走し、腹の探りあいをしているのだということも。きっと我先にピエレーネ鉱山を手に入れようと目論んでおり、同時に保身先を探している。

この状況では、皇帝であるジークフリートの閉鎖的な性格も頷ける気がした。信頼を勝ち取るために、誰かを欺かなくてはならない状況では――。

そして、彼がさっき言っていた『最初からミレーヌがジークフリートの花嫁になるように送りこまれた』という説も一理あるかもしれないと考えはじめていた。

しかしローレンツがミレーヌに嘘をつくとはどうしても考えにくい。そうしてほしいと言われたなら、すんなり返事はできないものの考えたのに。さすがに言いづらかったのだろうか。それとも、使命を遂行する中で、真実の目的をくみ取ってほしかったということなのか。

（待ってよ。つまり整理をするると……フェンリヌ王国を守るために、ラインザー帝国に味方になってもらうには、私がジークフリートの妃になれば、それで済むということ？　もしかして失敗を見越して……ってそういうこと？　失敗したら今度は自分の身を使って是が非でも彼の心を捉えろって？　そうなの？　おにいさま……）

あまりに色々捻《ひね》くれて考えすぎていたけれど、ごくあっさりと解答が導きだされ、胸の内がすうっとする。

——が、ミレーヌはジークフリートと結婚式を挙げる場面を想像して、ぶんぶんと頭を振った。

（ジークフリート様と結婚ですって？　無理、ぜったいに無理……！）

そんな簡単にいくわけがない。第一、ジークフリートに疑われている状態で、彼の心を捉えられるとは思えない。身体を差しだすのと、心を手に入れるのは違う。それも最高に疑り深い彼の懐に入り込むことなど、並大抵のことでは無理だろう。

君主としての表面上、常に取り繕っている感じがするし、本当の彼のことはまだよくわからない。

ミレーヌは舞踏会のときに見たジークフリートの麗しい姿を思い浮かべた。

誰もが憧れる容姿、そして誰より恐れる存在。見返りを求めて彼と結婚したいと思っている人間がどれほどいることだろうか。他人の悪い噂を吹聴《ふいちょう》して足を引っ張ってまで城にあがる権利を手に入れた諸国の人たちがいるという話もある。

彼はそれをわかった上で、花嫁探しをするということを内外に通知したのだ。

そして周りが一斉に動きだすのを見ている。階前万里《かいぜんばんり》——彼にはその言葉がよく似合う。

その反面、人を信じることのできない彼が女性を愛することなどあるのだろうか……と思う。対外的な、或いは対内的な政策の一つとして、より有利に進められる存在を花嫁にしたいだけなのではないだろうか。

それなら彼にとってもミレーヌを花嫁にすることが望ましいのではないだろうか。ピエレーネ鉱山がラインザー帝国の手に落ちれば、諸国はますます反逆などできなくなるのだから。

(……ジークフリートと手を組むべき……？　でも、私の気持ちは……彼の気持ちだってある)

『ミレーヌ』

低くて甘い声が、身を焦がすような痛みをくれる。なぜだろう。どうしてこんなふうに感じてしまうのだろう。

ミレーヌは思わず胸のあたりに手をあてがった。

「……心配ごとばかりで、胃が痛いだけよ……そうよ」

第一、花嫁候補としておいておくというけれど、なんて説明するつもりなのだろう。

(とにかく今夜は眠って体力を回復しよう……！)

そう思ってベッドに潜り込んだものの、結局、一睡もできずに夜を明かしてしまった。

第三章　偽りの花嫁候補

翌朝、瞼の裏側に陽の光を感じてうっすらと目を開けたところで、ノックの音が響いた。

ハッとして起き上がろうとするが、ずきりとこめかみに痛みが走った。

「朝……？」

悶々と眠れないでいたはずだったのに、明け方になっていつのまにかうとうととしてしまったらしい。

やや遅れて返事をすると、待ち構えていたかのように侍女が扉を開き、ドレスを目の前に差しだした。それも朝摘みした苺のような鮮やかな赤色の――。おかげで一気に目が覚めた。

「夢……じゃなかったのね」

のろり……と夜着のままの身体を起こし、朝陽に目を眇める。

「ようやくお目覚めになりましたか。お着替えをお手伝いしますので、どうかこちらへお急ぎくださいませ」

侍女ハンナがホッとしたように胸を撫で下ろし、さあ、とミレーヌを急かす。

「急ぐって……」

ミレーヌは寝起きでぼんやりとする頭をぶるっと振った。

そういえば、花嫁候補として紹介すると言われていたけれど——。

「まさか、今すぐにっていうこと⁉」

取り乱して大声を出してしまうミレーヌに対し、ハンナは至極当然のように言った。

「本日は舞踏会二日目ですから」

「舞踏会二日目……？　そういえば、数日間行われるって……」

ミレーヌの疑問に反応して、ハンナが口を開いた。

「ええ。明日まで三日間開かれる予定ですが、今日こそが本番といえます。昨日以上にたくさんの女性が陛下のもとに挨拶にいかれるでしょう。その大事な席の限られた時間で、ミレーヌ様とご一緒したいのだと陛下が希望されています」

……ということは、その中で紹介するつもりだということだろうか。

「どうやって紹介するつもりなのかしら。突然知らない女性が大広間に現れたら、皆絶対に不思議がるわ。最有力候補と言われたアンネリーゼ様が断りを入れたあとなのに、お城の人たちだって驚くでしょう？」

本来ミレーヌの存在を隠すために考えた案なのに、波風を立ててしまっては、よい方にいくとは考えにくい。

　不安な表情を浮かべるミレーヌに、ハンナは支度を早く、と切々と訴える。

「ご心配なさらなくても大丈夫です。陛下がお考えになられていますよ」

「……ジークフリート様が？　あの調子ではますます心配だわ」

　ぶつぶつと言いながら腕を交差させ、己を抱きしめるミレーヌをみかねたのか、ハンナは強引にミレーヌの身体を鏡に向かせながら、説明しはじめた。

「我が帝国の歴史を少し――。先帝エレメンス二世が亡くなったときに我が帝国は世襲制となり、たった一人の皇子であったジークフリート様が僅か十歳のときに三世として戴冠《たいかん》されました。しかしながら、先々帝エレメンス一世の時代は親政をとっておらず、ジークフリート様と血の繋がりはありません。一世の側近である大臣たちが議会を取りまとめていたのですが、熾烈《しれつ》な権力争いが絶えなかったといいます」

　説明しながら器用に着付けていく。

「それ故、無用な争いを避けるために親政に力を入れた結果、旧帝国の体制は滅び、いまや旧帝国との繋がりがある人間はほとんど城に残っていない状況です」

　ミレーヌは頭の中で勢力図を思い浮かべる。同時に彼にとりいるようにしていた大臣のことも思い出された。

　幼い頃に即位し、大人に囲まれながら、若き君主として過ごしてきたジークフリートの複雑な事情がうかがえるようだ。

「話が逸れましたが、そこでミレーヌ様の身元が明かされぬよう、旧帝国時代の繋がりで知り合った女性、ツベンツァー侯爵のご令嬢ということにして、ごく自然にご紹介できるように陛下は根回しされるおつもりだそうです」

「……待って。旧帝国の人間はジークフリート様によく思われていなかったから、つまり追い出されたのでしょう？　その繋がりの人間が現れたら、今のお城の人たちは怪訝な顔をするんじゃないかしら？　ますます疑われるんじゃ……」

ミレーヌの疑問にハンナはいいえと首を振る。そして困ったように眉尻を下げた。

「追い出したのはジークフリート様の周りにいる権力者たちです。父上である二世の側近でさえ邪魔な者だと切り捨てました。母上は旧帝国に繋がりのある方でしたので、ジークフリート様はできるなら臣下であった者たちを呼び戻したいとお考えになられているようです」

「……すごく複雑なのね……」

世襲制は無用な権力争いを避けるためだったに違いないが——それがますますジークフリートを孤独にさせてしまったのだと考えると、彼が気の毒に思えた。彼にとって信頼できる臣下というのは、どれほどいることだろう。追い出された旧帝国の方に心を寄せているとは皮肉な話だ。

（でも……待って。結局は波風が立つんじゃないかしら？）

ミレーヌの疑問が形になる前に、ハンナがまた口を挟む。

「ちなみに私は十六歳のときにお城にあがらせていただきました。陛下が即位されてから、女性のお世話係として傍にいる人間です。このたび陛下よりミレーヌ様の専属侍女としてお世話係を命じられました。なにかありましたらお手伝いしますので、ご遠慮なくお声がけいただきますようにお願い申し上げます」

「わかったわ。ハンナ、ありがとう」

監視役ということもあるのだろうけれど、とりあえず相談役が一人できたことで、ミレーヌもホッとする。

けれど、完全に気を許してはいけない。建前上、花嫁候補ではあるけれど、捕囚——それに変わりないのだから。

「あの、モンタルク王国のアンネリーゼ王女様は、どうなっているのかしら……？」

念の為、情報を把握しておきたい。本当に婚約を断りにきたのか。ジークフリートの口からはそう聞いたが、彼がわざと嘘を言っているということも十分考えられる。否、むしろ考えなくてはならない。帝国の歴史については彼に同情するが、今の今、ジークフリートとミレーヌは腹の探りあいをしている当事者同士なのだから。

「アンネリーゼ様からお手紙が届いておりまして、今日は離れの塔でおやすみの予定だそうです。顔をあわせづらいのではないかと」

「……そう」

宮殿にはたくさんの部屋がある。来客は皆、離れの塔にある招待客用の部屋に案内され、階をわけて付添人や使用人などを宿泊させているらしい。基本的に宮殿で働いている使用人が世話係を担当するが、旅に不慣れだとか特別な要望をもつ客の場合は、使用人も一緒に引き連れてやってくるようだ。

そしてミレーヌが東の部屋『光の間』を与えられたように、花嫁候補となった女性は滞在中、特別な部屋へと案内され、ジークフリートとの甘いひとときを過ごすことができるらしい。

(……ということは、ジークフリート様と二人きりで過ごす人が他にもいるということよね。アンネリーゼ様以外にも……？)

そう考えたら、なぜか胸がちくんとした。あの力強い腕で抱きしめ、熱い身体で組み伏せ、情熱的なくちづけを注ぐような相手が……と考えると、もやもやしてくる。

「ミレーヌ様にとって、アンネリーゼ様のような女性は、手ごわいお相手とお思いですか？」

突然の質問に「えっ」と頓狂な声をあげてしまう。

ハンナは興味津々といった表情で、ミレーヌの答えを待っている。

「そ、そういう意味じゃなくって……ただ、お話してみたかっただけよ。どんな方なのか、お名前ぐらいしか存じ上げないので……」

(そうよ。おかしな意味にとられちゃうわ。恋敵でもなんでもないのに……)

どうやらハンナはジークフリートの恋愛事情までは踏み込んで知らないようだ。

「そうでしたか。残念ですが……アンネリーゼ様に限らず、三日目はほとんどの方は朝早くに出立されます。ミレーヌ様におかれましては、賓客《ひんきやく》を見送るのだけで精一杯になりましょう……今日ゆっくりお話をする時間をとれたらよかったのですけれどね」

侍女はそう言い、ミレーヌの髪を丁寧にほどいた。

「さあ、御髪《おぐし》も整えて、お支度を急ぎましょう」

ええ、とミレーヌは答え、鏡の前の自分を見つめた。

美しく輝くストロベリーブロンドの髪が結い上げられていく。

（私が……皇帝陛下の花嫁候補になるなんて……）と不安で胸をざわめかせながら今後のことを思った。


支度を終えたミレーヌは、ハンナに付き添われ、大広間の前で待機していた。

真っ赤な深紅色の薔薇に包まれているよう……と褒めたたえられるところ、ミレーヌの場合は、真っ赤な苺のドレスと喩えられた。顔が幼いのは致し方ない。それにしてもハンナが懸命に整えてくれたおかげで、それなりのレディに仕上がった。

ジークフリートがミレーヌの姿を見つけて、こちらにやってくる。その表情はとても朗らかで、長靴《ちようか》を履いた彼の足取りが軽ろやかだ。

相変わらず彼は見目麗《みめうるわ》しい。今日は燕尾服《スワローテイル》に純白のクラヴァットを巻き、紋章の刻まれた宝飾を身につけている様が、とても雅やかで、すらりとした細身のズボンは彼のスタイルのよさをよりいっそう引き出している。

天井に届きそうなほど大きな窓から差し込む光に反射し、彼のやわらかそうな金髪がきらきらと輝いていて、凛々《りり》しい二重の碧い双眸が、よりいっそう澄んで見え、吸い込まれてしまいそうなほど綺麗だ。

彼の隣に立つということは、よほど自信がなくてはだめなのだということを肌で感じる。アンネリーゼをはじめ女性が彼に声をかけようとして一瞬躊躇してしまった気持ちが、ほんの少しわかった気がする。

彼を目当てにやってきている女性にとって、彼の視界に入り、他の女性を差し置いて彼に選ばれるということの優越感は、何にも代えがたい幸福なのだろうと思う。まして花嫁候補、本当の妃となれることなど、夢のまた夢に違いない。

（……見ているだけなら、とても素敵だと思うわ。でも……昨日のことを考えたら……）

強引に組み伏せられ、散々になるまで愛撫されたことを思い出し、ミレーヌの頬にかあっと熱が灯る。彼が爽やかな見た目とは裏腹に、傲岸不遜《ごうがんふそん》な男であることを知ったら、女性たちはどう思うことだろうか。

二日目の今日は、お気に入りの女性を伴って大広間へと入場する決まりらしい。つまりミレーヌは彼のお気に入りとして認められたことになっており、これから二人揃って大広間の扉の前へと移動しなければならない。

おずおずとミレーヌは歩く。踵の高い靴は慣れないし、社交界の場など、初めてでどうしたらいいかわからない。ぎこちなくならないよう、姿勢を正してすっと一歩前に出る。

そんなミレーヌの様子を眺め、ジークフリートは微笑んだ。

「似合っているな。苺姫」

苺が大好きなミレーヌを揶揄しているのだとわかって、むぅっと唇を尖らせ、つんと顔を逸らす。

「苺は好きだけど、私が着ていると……浮いているみたいよ。裾の長いドレスを着て歩くのは久しぶりだわ。それにこんなに目立った色……なんだか心配」

地味に目立たぬように、波風を立てないように、としているはずなのに、彼は真逆のことをしようとしている。旧帝国繋がりの侯爵令嬢として紹介し、真っ赤なドレスを着せるなんて、周りはどんな目で見るだろうか。

「それがいいんだ。周りにおまえの存在を知らしめる。派手な色は記憶に残るものだ」

「でも……」と口を挟もうとしたところ、きっぱりと彼は言った。

「同時に警告を意味するものになる」

ジークフリートの思惑を察して、ミレーヌの胸に苦いものが広がる。

あたりまえだが、ミレーヌは彼が本気で花嫁にしたいと願っている相手ではない。この機会にいくらでも利用しようと考えられてしまっても文句は言えないのだ。

入場を知らせるベルが高らかに鳴らされ、ミレーヌはよりいっそう緊張に身を包む。ジークフリートに左腕を差しだされ、震える右手で掴まった。

そうして大広間の扉が開かれようとしたとき、誘導係を務めるという白髭の大臣が二人の前にやってきた。すると大臣はミレーヌを目にした途端、驚いたように瞳を見開き、頬を紅潮させた。

「貴方がツベンツァー侯爵のご令嬢ミレーヌ様、ああ、なんと……可愛らしいお方でしょう……いや、王妃様にこころなしか面影が似ておられるようにも……」

大臣は見惚《みと》れるような表情で、ミレーヌを飽きもせず眺める。喩えるなら愛娘でも見るような眼差しだ。それがわざとらしくも感じられ、ややミレーヌは引き気味だった。

「かわいい女だろう。俺はこれに夢中だ。他の男がおまえのように言い寄って目をつけぬよう見張っていてもらわなければな」

ジークフリートが牽制するように言うと、大臣は慌てて身を改めた。

「はっ……大変失礼いたしました。私はそのようなつもりは……いや、誠に……陛下の審美眼には恐れ入ります。それでは、大広間へお進みくださいませ」

ふと、ハンナが説明してくれたラインザー帝国の歴史が脳裏をよぎった。ジークフリートは臣下たちを心から信頼することなどあるのだろうか……と。

扉が完全に開かれ、衛兵の完全なる警護のもと、深紅色の絨緞が敷かれた中央の道を、ジークフリートと共に歩む。

来客の視線が一斉に注がれてくる。誰しもが美しいジークフリートの姿に見惚れ、また彼にエスコートされているミレーヌに対し、羨望の眼差しを向けた。が、ミレーヌにとっては、まるで雪山に現れた狼に一斉に睨まれているような気分だった。

「陛下がお選びになられたあの方は一体誰なのでしょう」

「なんと愛らしい方なのでしょう。若かりし頃の王妃様を思い出させるような品があるわ」

「そういえば、ツベンツァー侯爵閣下のご令嬢だとかいう噂を耳にしましたわ」

「あれほどお幸せそうな陛下のお姿……。ご寵愛《ちょうあい》を既に賜っておられるのでしょうな」

紳士淑女の好奇な眼差し、悔しそうに唇を噛む令嬢たちの視線。

怖《お》ず怖《お》ずとしているミレーヌに、ジークフリートが耳打ちしてくる。

「自然に振る舞っていればいい。母上の身の上を詳しく知る者は誰もいない。肝心なことは俺がフォローする」

そういうときだけ甘い声で言うのだからにくたらしい。

ミレーヌはぎこちなくもなんとか笑顔を作り、ジークフリートに寄り添った。

おかげで仲睦まじく、片時も離れたくないといったふうに、周りには見えるらしい。悔しがる女性たちの視線がちくちくと突き刺さってくる。そして紳士たちは色眼鏡で見てくるのだ。どうやって彼女は皇帝陛下を虜にしたのか――と。

(虜になったつもりはない……って断定されたけどね……)

ミレーヌは心の中で苦笑いする。

それにしても肩身が狭い。

（うぅ……早く終わってほしいわ……）

これはまだ序の口だ。これから大勢の女性たちに囲まれてしまうことを覚悟しなくてはならない。

案の定というか心配したとおりに、昨日の今日、皇帝陛下が花嫁を決定するという兆しなど少しもなかったはずなのに、なぜミレーヌを連れているのだろうという攻撃的な視線がどんどん強まってくる。

そして、最有力者を蹴って出てきた女性の存在により、あの年代記《クロニクル》の再来では、と場がざわつきはじめたのだ。

「アンネリーゼ様が第一候補ではなかったということ？」

「私、見ちゃったの。昨日、泣いていらっしゃるところを」

扇子で頬を隠しながら、ひそひそと噂しているのがなんとなく耳に入ってくる。

「……じゃあ、陛下はあの子を選んだっていうこと？　でも、見ない子ね。昨晩どこにいたのかしら？　お城入りしたことは伝えられていないわ」

「幼い感じがするけれど、いくつなのかしら？　それにしたってすごい派手なドレス」

「まだデビューしてまもないような初々《ういうい》しさなのに、あの華美なドレス……生意気ね。陛下はどんなふうにお選びになられたのかしら」

「ちゃんとお相手できているのかしらね」

「……もしかして顔に似合わず、床上手……とか」

「ちょっと、この場でそんな話をするべきではないわ。はしたないでしょう」

ひそひそと扇子の裏側で会話されているが、筒抜けである。

(床上手ですって？　冗談言わないで。初めてだったのよ……あのときだって！)

げんなりとした顔をしているミレーヌを尻目に、ジークフリートはなぜか少し楽しそうにしているから気に食わない。

「何か言いたそうですね、陛下」

わざとミレーヌは語尾をつよめて嫌味を込めると、ジークフリートはふっと口端をあげた。

「いや、おまえの表情がいちいち面白いだけだ」

ぷぅと頬を膨らませるミレーヌを見て、ますますジークフリートは笑いをかみ殺している。常に険しい表情で無愛想の皇帝陛下がいつになく上機嫌に頬を緩めていることで、ますます皆の噂話は大きくなっていくようだ。

たしかに、寡黙《かもく》を装っているより、笑顔の方がずっと素敵だ。でもこれは演技である。普段こうして屈託なく笑う彼を見られる機会はあるだろうか。そんなことをぼんやり思って、ハッとする。

(だから……ないない！　これは儀式的なもの。そうよ……儀式……)

儀式といえば、保留になったままだが……どうしたものか。とにかく、これ以上自分の身が危険に晒されるような敵を作りたくない、とミレーヌは思う。とくに女性の嫉妬はおそろしいものだ。どうしたら蹴落とせるか、他の女性より目立てるか、それを考えるのに必死の様子なのが窺えるから。

　女性たちはもちろん、付き添いで来ている男性たちも、ジークフリートとミレーヌの二人の姿を見て、意表を突かれたような顔をしている。

　それも無理はない。今日初めて姿を見せた無名の女性なのだから。皆がミレーヌの素性について必死に探っているようだ。

　こんな状況でこんなふうに偽りの花嫁候補として紹介され、顔を晒してしまって本当にいいのだろうか。嘘というのはいつか明るみに出るものだ。

　がちがちに固まっていたところ、ジークフリートがさりげなく肩を抱いてきた。

「緊張することはない。ダンスがはじまったら我々は抜け出し、テラスでゆっくりと語りあえばいい。噂はそのうちおさまるだろう」

　飄々《ひょうひょう》と言ってのけるジークフリートに、ミレーヌは彼を見上げてちくりと一言。

「舞踏会には主賓がいなくてはならないでしょう。それに、私たち二人きりになってなにか語りあうようなこと……あるかしら」

　ジークフリートはさして気にとめることなく答えた。

「俺の存在は飾りのようなものだ。目の上のたんこぶがいない方がホッとするだろう。二人きりになって話題がないなら黙っていればいい」

「そんなわけないわ。嫉妬の目で見られているもの。怖くてたまらないし、気まずいわよ」

「なら、知らないふりをして、俺の肩に頭を乗せ、眠ってしまえばいい」

「そこまでして、私を側においておきたいの？　そんなにお気に入り？　実は本気になっちゃったとか？」

ミレーヌはわざとおどけて言ったつもりなのだが、意外に真剣な言葉が返ってくる。

「ああ、そうだな。こんなに誰かと会話を交わしたのは初めてだ。おまえがいると退屈しない」

ふっとやさしげに微笑まれてしまったら、それ以上返す言葉がなくなる。陛下ともあろう人が会話をあまりしないだなんてことはありえない。それにさっきからこの笑顔。

（端的にいうと、心を許してくれている……ということ？）

なんとなくそれだけは冗談で聞けない気がして、胸の中であたためる。

ダンスの時間に二人で踊ったあとは、彼が宣言したとおりにテラスで二人きりゆっくりと過ごすこととなった。

できたら儀式的なことを終えたら、この大広間から解放してほしかったのだが。

絹のカーテンに仕切られて、大広間の方から二人の姿ははっきりと見えないし、隣の人が同じように立っても見えないように壁が斜めに配置されている。完全な二人きりといってても過言ではない。

束の間の自由を許されてホッとすると、突然隣からぐらっとジークフリートの頭がもたれかかってきて、ミレーヌは驚いた。

「おまえといると力が抜ける。眠い」

まさか退屈という意味？　とムッとしたところ、瞬く間にすうっと眠りに入っていく寝息が聞こえ、唖然とする。

「えっあの……ちょっと……陛下、ジークフリート様」

「……」

長い睫毛が伏せられたまま、肌理こまやかな頬に影を落としている。

「信じられない」

（この状態で寝てしまうなんて……こんな人……初めてだわ）

あどけない寝顔に、胸がきゅんっと締めつけられる。

（こどもみたいに……かわいい顔しちゃって……）

彼には休む暇などないのだ。

再びミレーヌは心の中で問いかける。彼が心を許してくれている証拠だと思っていいのだろうか。初めての感情に戸惑うばかりだった。

舞踏会の最終日――。

午前中にほとんどの賓客が帰るので、見送りが主になるだろうと聞いて安心していたミレーヌだったが、ジークフリートが席を外したその時間に、事件は——起こった。

「——なによ！　そっちこそ譲りなさいよ」

「なんですって!?　さっきから偉そうなのよ」

女性同士で睨み合いの取っ組み合い。

「その醜い顔で、陛下のお気に入りになれるとでも？」

「あなたに言われたくないわ！」

「ちょっと……あの！　喧嘩はやめて！」

ミレーヌは仲裁しようと間に入ったのだが……。

「あなたはひっこんでいて！」

どんっとお尻で突き飛ばされて、ミレーヌはよろめく。

（ええっ……わたしが敵なんじゃなかったの……っ!?）

きっかけは些細《ささい》なことだった。

最後のアピールになるのだからと女性たちが必死に互いを押しのけ、ジークフリートに媚《こび》を売る様子が見うけられたが、彼は彼女たちを一蹴し、「ミレーヌ」と親しげに呼んで、片時も放さなかったことが災いした。

どうしたら気に入ってもらえるのかという質問を受けていたミレーヌに、私だって負けていないわといわんばかりの女性の一言で、私が私が……と過熱してしまったのである。

おかげでジークフリートが中座している間に、ちくちくと嫌味を言われて我慢していたところ、女性たちの間で喧嘩が勃発したのだった。

ミレーヌを立てて自分を優位に保とうとする少数の令嬢と、ミレーヌに意地悪をぶつけていた派閥がぶつかりあい、場は乱闘のようになっている。

残されたミレーヌは必死に仲裁に入っていた。だが少しも聞き入れてはくれない。

「あ、あの、落ち着いて、お願いですから、どうか――」

野次のように飛んできた苺ケーキが床に落ち、べちゃーっと潰れてしまった。

「ああっ苺が」

ミレーヌの心配はそちらだった。

一方、誰かのドレスにべッタリと飛び散り、きゃあああと悲鳴があがる。

つるり、とパンプスが床に滑った。まるで氷の上を滑っているかのようにつるつると地に足がつかず身体がぐらぐらと揺れる。

「わわわわ――」

慌ててテーブルにしがみついたかと思いきや、クロスを引っ張ってしまい、料理を載せた皿や飲み物が入ったグラスが一斉に傾いて、落下した。

「きゃあっ」

どーんという衝撃。

悲鳴は、ミレーヌのものではない。

その場に山のように詰めかけていた女性たちのものである。

ミレーヌはというと、髪の毛にドロドロに溶けたケーキを被り、床に這いつくばっていた。とても皇帝陛下の花嫁候補とは思えないありさまだった。

「きゃああ、ミレーヌ様が！」

ミレーヌの心配というよりも、ジークフリートからの制裁を恐れて、今度は罪をなすりつけあっている。

「私じゃないわ」

「わ、わたくしだって」

「一体、何事だ」

――その声は。

「――陛下」

唖然とした顔をしたジークフリートが手を差し伸べてくる。そしてミレーヌの顔を見た途端、ふっと笑いだしたいのを我慢したのか口元に拳をあてがった。

（なっ……そこ、笑うとこ!?）

ジークフリートは平静を装い、周りを取り囲んでいた女性たちをじろりと一瞥《いちべつ》した。

「もう少し、レディには品格を備えてもらいたいものだな。最終日にとんだ泥を塗られたものだ」

それぞれがシュンと肩を落とす。

ジークフリートは冷静にそう言っているようだが、ミレーヌにはわかった。彼の肩は小刻みに揺れているのだ。つまり、笑いたいのを堪えている。

(ドロってこのドロね……)

ミレーヌにとって屈辱的なのはそちらの方だった。そして何より、レディたちの身勝手な振る舞いにいい加減に腹が立った。

ミレーヌはドレスについた生クリームを指で拭い、ぱくりと頬張る。令嬢たちは一斉に後退《あとずさ》った。そんなのもう構っていられない。

「一つだけ申し上げますわ。さっきから聞いていれば、自分が自分が自分が――そればかり！　相手の気を引きたいのなら、まずは相手のことをよく知ろうとする気持ちが大事です。常に相手のことを見つめ、相手の心を思いやり、慈しみ……花を愛でるような気持ちで大切にすれば、いつかはきっと心を開いてもらえるはずです！　他人を傷つけたり、相手に迷惑をかけたり、粗末にしたりすることだけは絶対にダメ。苺だって収穫されるまで一生懸命育ったのよ。ケーキはシェフがこの日のために一生懸命作ってくれたわ。ちゃんと大事にしなくちゃ」

まくし立ててどうだと息を吐くと、大広間がシンと鎮まり返ってしまった。

(しまった……)

さあっと青ざめる。

自分から目立つようなことをしてどうするのだろう。ますます今ので反感を買ったに違いない。しかしジークフリートだけはなぜか満足げな様子である。

「陛下、私、失礼してもよろしいでしょうか」

「ああ、外まで手を貸してやろう」

「陛下まで汚れてしまいます」

「いい。おまえのなら構わない」

ジークフリートの言葉により、ああ、と女性たちからため息が零れる。

「……………」

もう……この空気を読んでよ、空気を……とミレーヌは心の中で叫んだ。背後からうらめしいような視線がちくちくと。大体こんな惨事になったのは、ジークフリートのわざとらしい演技のせいだ。

少しでいいから一人になりたいと思っているのに放してくれるつもりがないらしい。彼は強引に肩を抱き寄せ、その場から抜け出ようとする。

「さあ、あとのことは任せよう。頼む」

「はっ」

使用人たちが後片付けに追われる中、ジークフリートとミレーヌは揃って大広間をあとにするのだった。

「おかげで大広間にいる時間が短く済んでよかったな」

喉の奥を鳴らすほど、おかしかったらしい。

ジークフリートはまだ笑っている。

「まったく。ケーキの食べ方を間違っているわ。もったいない……あんなに可愛い苺がたくさん載っていたのに。それに、苺には罪がないのに、私が真っ赤なドレスを着ていて苺みたいだからって、お皿の上に苺を残しておいたみたいなの。それもこれも全部……あなたのせいなんだから！　わかっているの？」

はいはいとあしらう広い背が憎たらしい。

「子どもが怒っているようなものなのに、まるで母親に叱られているかのようだな」

「あのねぇ」

ジークフリートは振り返り、ますます腹を立てるミレーヌの唇に、とんと指をあてがった。それから顔を近づけてきたかと思ったら、唇をちゅっと奪ってきたのだった。

「なっ……んっ……！」

ミレーヌは真っ赤な顔をして、周りを気にするが、衛兵はあえて知らないふりである。

「甘い……な。機嫌を直せ。おまえは怒ってばかりいる。見せかけでも笑っている方がずっと愛らしい」

まるで愛の告白をするような、睦言を囁かれているような、甘い声音だ。たちまちミレーヌの身体は熱を帯びていく。

「……だ、だって、どうしたらよかったの？　我慢の限界だったのよ」

「あれでよい。おまえが言ったことは間違っていない。あの者たちも少しは懲りただろう」

ミレーヌはジークフリートのおだやかな表情を見て、黙り込む。

「ひどい格好だ。一緒に風呂に入るか。きれいに洗ってやろう」

「……お断りします！」

「恋人はそうして過ごすこともあるというのに、こんなつれない花嫁候補は初めてだな」

ジークフリートは肩を竦《すく》め、ミレーヌのために待機していたハンナに声をかけ、彼自身は侍従を従えて、その場を立ち去った。

（……なによ。恋人、花嫁候補って……だって、本物じゃないじゃない……ジークフリート様は……女性といつもそんなふうに過ごしているの？）

ミレーヌは悶々としながらため息をつく。

「ミレーヌ様、これは一体……」

ハンナは唖然として、口元に手をあてがった。

「洗礼を浴びたのよ……女性たちから」

今頃、大きなため息が零れた。もう身も心もぼろぼろだ。

「まぁ……」

「それは別にいいの。私がちょっとドジ……をして床に倒れてしまっただけだから。でも、食べ物を粗末にするのはいけないわ」

まだ怒りがおさまらない。

「さようでございますね。さあ、湯あみをいたしましょう。こちらへ」

「ごめんなさい。手間をかけさせてしまって。それに、せっかく綺麗に着付けてくれたのに」

しゅんとミレーヌは落ち込む。

「いいえ。これが私の仕事ですから」

ハンナに伴われ、ミレーヌは部屋へと戻っていく。

胸の中がざわざわと落ち着かない。

一体ジークフリートは何を考えているのだろう。彼の態度が演技なのかそうでないのかわからなくなってしまった。


それからというものの——。

カモフラージュであったとはいえ、花嫁候補それも最有力候補にのしあがってしまったミレーヌは、その後も保身のためだけでなく、彼の傍で公の行事に参列する機会をもうけられてしまった。それ故に、早くも妃デビューに備えた公務の予行演習ではないかと囁かれている。

ジークフリートから命じられれば、応じなくてはならないし、中途半端に逃げ出すことはできない。

ドジで早とちりで抜けているミレーヌでも一応……は王女である。公式の場ではそれなりに気遣いやマナーに心掛け、ジークフリートに恥をかけぬよう尽くした。

（でも、一体いつまでこんなことを？）

公務の付き添い三回目となる今日——イライラは募るばかり。

「そうしていると慎ましくていい。いつものおまえとは違うものだな」

隣でぼそっとからかわれ、ミレーヌはムッとしないように笑顔を引き攣らせた。

（騒がしいのがいいとか言ってなかった⁉　調子いいんだから……）

「これ以上、危険なことに身を晒したくないだけよ」

舞踏会の最終日に地獄絵図を見たばかりだ。

野次代わりにケーキが飛んできて、テラスの前はぐちゃぐちゃ……必死に止めようとしたところ、ずるっと躓《つまず》いて床にべちゃりと這いつくばったのだ。

めちゃくちゃになってしまったあと、ジークフリートに助けられたのだが……乙女のようにときめいている場合ではなかった。

彼が甲斐甲斐しく抱き寄せてくるものだから、怒りの矛先《ほこさき》はすべてミレーヌの方に向けられてしまったのだった。しまいにミレーヌはブチ切れて……。

——一連のことを思い出すだけで、疲れてしまう。

「自業自得だろう。それに、見せつけておいた方が好都合だ」

と彼は言っていたけれど、女性たちを敵に回してしまったのはもう取り返しがつかない。

このゾクゾクとする悪寒《おかん》は、誰かが呪いでもかけているのではないかと本気で心配するほどだ。

「女の嫉妬も喉元をすぎれば……だ。おまえが正式に花嫁となる頃には、崇《あが》めたてまつられるだろう。そういうものだ」

正式に花嫁、というのは言葉のあやとして聞かなかったことにし、ミレーヌはため息をつく。

「あなたは気楽でいいわっ。私は爪を尖らせた猛獣がたくさんいる檻《おり》の中に入れられてる気分だったんだから」

はは、とジークフリートは笑う。

「おまえのケーキまみれになった身体を、俺が隅々まで毒見をしてもよかったところだ」

意味深な言葉にドキリとして、視線を逸らす。

「……っ……えっち。そういうところ、ヘンタイっていうのよ」

「ひどい言い様だな。愛情だと思ってほしいものだが」

たしかに不敬罪といわれても仕方のない言葉かもしれない。でもミレーヌだって我慢できないことはあるのだ。

「……もし本当に愛情があるなら、自由がほしいわ」

ぷんぷんと真っ赤な顔でミレーヌは反発する。

「手放せない愛情もあるのだと知ってほしいものだな」

意味ありげなジークフリートの視線にドキリとする。それ以上はまた言いあいになって、唇を塞がれてしまいそうな気がしたからやめた。

(なんなのよ……ジークフリート様のバカ……)


それからジークフリートは護衛を従え、諸国への視察に出かけていった。モンタルクを外し、リーベ、トレーネ、ハーメルンの諸国の様子を見に出ているようだが、今日は最南端のハーメルンに出ている。シュバルト王国に一番近い国の動きに警戒しているのだ。

ミレーヌは久方ぶりの自由を許され、湯あみを終えてイブニングドレスに着替えたあと、正餐の時間まで『光の間』でぼんやりとしていた。

不意に、平和という感情がミレーヌを包み込む。

美しいドレスを用意してもらえるし、食事はもったいないぐらい豪勢だし、宮殿にいる間、ジークフリートの花嫁候補、それも最有力者という身分があれば、身の安全が保障される。平和といえば平和だ。

しかしミレーヌをはじめフェンリスヌ王国の者たちが望んでいる平和とは異なる。

(使命を果たさないことには……)

今頃、フェンリスヌの森は大騒ぎしていないだろうか。ドジな王女ミレーヌの失敗を見越して、応援部隊を送ってくれているだろうか。

それともジークフリートの推理通りに、帰ってこないことを知って、今後のミレーヌの花嫁候補としての行動に賭けているのだろうか。

一体ジークフリートはどういうつもりなのだろう。投獄するわけでもないし、純潔を奪おうとするわけでもない。ひとおもいに抱いてくれたならもとに戻れるのに、彼はそうするつもりがないようだ。それればかりかミレーヌといる時間を愉しんでいる様子にも思える。いつまでこの暮らしを続けていればいいのかと途方に暮れてしまう。

おまえを気に入っていると屈託なく笑っていたジークフリートのこと、そして愛情だと言いながら悪戯《いたずら》っぽく笑う彼のことが、思い出される。

もしかしたらミレーヌを捕囚にしたまま、なにか策略を練っているのかもしれないという疑念が浮かんだ。

ジークフリートの言うように『ミレーヌがジークフリートの花嫁になるために送られた』という説も一理あると思ったたし、もしも本当にそうなら彼を虜にするように動けばいい。けれど、それは彼の作戦かもしれない。ローレンツを疑うように仕向けるための。

（もう、わけがわからないわ。ミイラ取りがミイラになってどうするのよ……）

それにしたって、あれからジークフリートが手を出してくることがない。このまま捕囚にしておくためなのか、こちらの出方を待っているのか。

男がいつでも欲情するわけではない、というのはなんとなく生理的なものだということは知識上わかる。けれど、魅力的な女性を前にしたら、理性が崩れることだってあるだろう。

　つまり――。

「つまり、その、つまり……私に魅力がないから……何もしないのかしら？」

　頭の上にずんと重たい石がのしかかったような気分だ。

　独りごとが虚しい。誰もフォローしてくれる人はいない。

　魅力が足りないだけでなく、舞踏会のときのケーキまみれのミレーヌの姿に萎《な》えてしまったのかも――。

「だからって、意図的に媚薬を使うのはちょっと……」

　独りごちて、うぅーんと唸る。効果を知っているだけに、ジークフリートに花の精の力を使うことは気が引けた。

　ジークフリートほどの美しい男性なら、モンタルク王国のアンネリーゼ王女をはじめ、女性には困らないだろうし、さぞ目が肥えているに違いない。

　ジークフリートはけして最後を奪おうとしない。この間のことは興味本位でのこと、媚薬が手伝っただけのこと、それにすぎないのだろうか。

　それとも彼は気遣ってくれている？　淡い期待が胸の底からあがってきて、息ができなくなりそうになる。

　この気持ちは何なのだろう。この頃、ジークフリートのことを考えるといつもそうだ。勝手に鼓動が速まって、身体が熱くなって……媚薬にかかってしまったのはミレーヌの方なのではないだろうかと思うほど。

（あぁ、もうっ……）

余計なことをぐるぐる考えたら、具合が悪くなってくる。

気のせい。絆《ほだ》されただけ。そう、一緒にいる時間があればあるほど情がわいてしまうものだ。きっと彼だってそう。愛情じゃなくて同情という類《たぐい》だろう。

でもちょっとでも情があるならきっと頼めば応じてくれる。根は悪い人じゃない。ミレーヌだってこれまで彼の言うとおりにしてきたのだから、きっと願えば叶えてくれるはず。けれど、待っているばかりでは……。

（それなら、やっぱり、自分から誘うしか……ないの？）

「で、でも……誘うって……どんなふうに……？」

ミレーヌは鏡の前に立ってみる。ほんのり赤みがかったストロベリーブロンドは可愛いと思うし、ぱっちりとした翠玉色《エメラルド》の瞳とカールした睫毛だって悪くない。ちょんとのっかったような鼻も愛嬌があるし、唇はなにか塗らなくても艶々としている。胸もそれなりにボリュームはあるし、肌も透明感に溢れていて瑞々しい――はず。

それからミレーヌはあれこれ工夫を凝らしてみた。

結っている髪をほどいてみたり、半分だけおろした毛先をくるくると巻いてみたり、やっぱり結い上げてみたり……。

首をかしげてみたり、ドレスの胸元をぐいっと広げてみたり、裾をひらひらと翻してみせたり……上目遣いで見つめてみたり。

一人で百面相をしてから、急激に恥ずかしくなって身体がちくちくとむずがゆくなった。

（……って、何やってるのよ。別にジークフリート様に媚びてこれ以上気に入られる必要なんてないのに！）

はぁ、とため息をつき、ベッドに腰をおろす。

「……そうよ。儀式なんだもの。ただひたすら我慢するのよ」

と言いつつ、瞼をぎゅうっと閉じる。

迫ってくるジークフリートの端整な顔を思い出し、身体が勝手に熱くなる。唇が触れ、果実を味わうように濡れた舌が這い、甘く食まれる。

そして彼の手がなめらかな肌を滑り、薄桃色に色づいた尖端を捉える。彼の唇はありとあらゆるところへくちづけ、とろとろに蕩けた身体の奥地に、ようやく彼が入ってきて
――とドキドキしながら想像して、固まる。

「だめ……っ、きっと痛いわ」

ミレーヌはがばっと起き上がる。

青くなったり、赤くなったり、どんよりしてみたり……。

「でも、想像しているよりちょっと辛いだけかもしれない。そうそう、儀式よ儀式。とにかく妖精の姿にならなくちゃ。そしたらここから逃げ出せるんだから。それから考えるのよ」

そう、とにかく妖精となり、フェンリスヌの森に帰らなくては……ローレンツがどう考えているのか、真実を知るためにも一度は森に戻るべきだ。

善は急げ。思い立ったが吉日。

（よし、行くわ……待っていて、ジークフリート様！）

夕陽が落ちかけて城の周りが暗くなる頃、ようやく帝国の旗をつけた軍師団の馬車が宮殿のアプローチに姿を見せた。

ハンナからジークフリートが視察から戻ったことを知らされると、ミレーヌは一目散に彼のもとに駆けつけた。

「ジークフリート様！」

いまかいまかと待ちわびていたミレーヌを前に、ジークフリートは意表を突かれたような表情を浮かべる。

「おまえの方から訪ねてくるとは珍しいな。なにか特別な相談ごとか」

彼は侍従に上着を手渡すと、ミレーヌの傍に近づいた。傍から見たらおしどり夫婦のように見える二人に気を遣い、侍従たちが離れていく。そんなふうにされると、ますます緊張してしまうから、やめてほしいのに。

ジークフリートがすぐ傍にきた瞬間、甘い香りがふわりと漂い、ドキッとする。

これは……彼がもともとつけていた香水の類ではない。女性から移ったものではないだろうか。そう感じた途端、心の中にもやもやが広がっていった。

彼が誰かに夢中になってからでは遅いのだ。貞操を彼に捧げる相手ができてしまったら。もう触れてはくれなくなるかもしれない。そんな焦りがミレーヌの背を押す。

「じ、実は、二人きりで話したいことがあるんです」

緊張に身を包みながら、ミレーヌは切りだした。彼の碧い瞳がきょとんと開かれる。いつもと違う様子を察したのか、ジークフリートは片手をあげて護衛についていた兵士たちに合図する。

「わかった。少し距離をおいて下がらせよう」

兵士は恭《うやうや》しく挨拶し、その場から退く。

心臓が飛び出てきそうなほど大きく鼓動を打っている。

(ううう……なんて言えばいいの。儀式を実行してほしい……なんて直球すぎるし、私のことを抱いてください……なんてなんだか恥ずかしすぎるし。こういうとき、どう伝えたらいいの？　みんなどうしているの……)

二人きりになるのを待つ間、どう打ち明けたらいいかぐるぐると考えるが、答えが見つからない。

とにかく思っていることを伝えなければ。

ジークフリートの私室に連れていかれると、特等席といわんばかりにソファの隣を一人分空けられ、ミレーヌはそこへおずおずと腰を下ろす。

「それで、話とは？」

彼はいつものように悠然と構えて、長い脚を組みながら背面にもたれかかり、ミレーヌを見つめた。

「あの、折り入って、お願いがあるんです……」

ミレーヌは意を決して口を開いた。だが、その先が出てこない。

「かしこまるな。思うまま続きを」

ジークフリートに急かされ、ミレーヌは深呼吸する。

「私をそろそろ自由にして……森に帰してほしいの」

緊張に身を包みながら切々と訴えると、ジークフリートはこちらをじっと見つめたまま黙り込んでしまった。

彼の視線は、いつもこうして身も心も丸裸にさせられるような気分にする。

（……直接、言わせるつもり？）

ミレーヌは唇をきゅっと噛みしめ、ジークフリートに訴える。念が通じたのか、ようやく彼は口を開いた。

「それがどんな意味かわかって言っているのか？」

ジークフリートの声がいちだんと低くなる。

彼の腕がソファの背面にそっと置かれ、ミレーヌにぐっと距離を近づけてくる。真剣な表情で見つめられると、どうしたらいいかわからなくなる。

「わ、わかってるわ。だから……」

「俺から離れたいということか」

落胆したような彼の声に、ドキリとした。

「……ただ、帰りたいのよ。ちゃんと……王太子に確かめたいの。そしたら私は安心して使命をまっとうできる」

「逃げたい口実だろう」

「誓うわ。もしも望まれていることだとしたら、あなたのもとに戻ってくる」

「……戻ってくる。それは何を意味しているんだ。改めて花嫁になりたい……と？」

「だってフェンリヌ王国の潔白を証明しなくちゃいけないんでしょう？　そのためよ」

ジークフリートの顔が間近に迫り、ミレーヌは息を呑んだ。顎を持ち上げてキスをしようとする――その瞬間に、目をぎゅっと瞑る。

しかし彼は唇を狙わず、目を開けろといわんばかりに瞼に唇を寄せるだけだった。

彼の唇が離れていったのを確認してから、ミレーヌはそろりと瞼を開く。

「おまえが望むなら叶えてやってもいい。だが、儀式とはいえ理性は先立たない。手加減するつもりはないぞ。いいんだな？」

ジークフリートの熱い眼差しを受け、ミレーヌは躊躇うが、もうここまできたら勢いに任せる他にない。

「ただ、ど、どうしていいか……わからないから、それだけが心配で……あの、私はどんなふうに、あなたを？」

ミレーヌが真っ赤な顔で戸惑いを露わにしていると、ジークフリートは面白いものでも見るようにふっと破顔した。

「よほど悩んでいたようだな。目の下にくまができてる」

そう言って覗きこんでくる。

「……っ……し、仕方ないでしょう。悩まずにいられるもんですか」

「男を誘う術を知らないのか？　あれほど大胆に感じていた女が」

くすりとジークフリートは笑う。

「あれは……ジークフリート様が、勝手にあれこれするからだわ……」

一体どんな想いで告げたことか、彼なら言葉通りにわかっているはずなのに、それをからかうなんて悪趣味だ。

「すぐに怒るな。前にも言っただろう。愛らしい顔が台無しだ」

そしてこのとおり意地悪なくせに甘い言葉を吐くのだから、にくたらしい。

「……騙されないんだから」

むぅと膨れるミレーヌの頭を、ジークフリートはぽんぽんとあやすように触れた。

「とにかく、おまえの考えはわかった。俺の言うとおりにすればいい。ちゃんと教えてやる」

ほら、と両手を広げられ、戸惑った。おずおずと身を差しだすと、抱き上げられ、ミレーヌは彼の首に腕をまわさずにいられなくなる。

「い、痛くしないで……怖いのは……いやよ……」

「おまえが騒がしくしないで、暴れないでくれたら……やさしくするよ」

さっきの移り香とは別の匂いがする。彼の肌から感じるのはいつもの彼の香り……それに安心してホッと胸を撫で下ろすが、彼の凜々しい喉仏が上下する様や、力強くて逞しい腕に抱かれている現状を意識してしまうと落ち着かなくなる。彼の広くて厚い胸板に耳を澄ませると速い鼓動が伝わってきて、ミレーヌの心臓の音もよりいっそうつよくなる。

横抱きにされたまま、ミレーヌはジークフリートの見目麗《みめうるわ》しい表情に目を奪われた。外見的な魅力だけではない、彼の表情の変化を最近は気にかけるようになった。

（……偉そうなところさえなければ、素敵な人なのに……）

威圧的な態度をやめて、時々見せるやわらかな笑顔を、もっと傍で見てみたい——と、密かに思う。

けれど、今はもうそれどころじゃない。

ギシリとベッドに重みが伝わり、それからすぐ熱い男の体温がじかに触れ、一気に緊張の波が押し寄せてきた。

やっぱりだめ、やめる、と言いだしたいのをミレーヌはぎりぎり我慢した。

「ほんとにほんとに、痛くしないで……？」

がちがちに固まっているとミレーヌに、ジークフリートは耳の傍で甘く囁く。

「前にも、ひどいふうにはしないと誓ったはずだ」

そう言い、耳朶をやさしく食んだ。

「ん、……」

耳の裏から首筋へとジークフリートの顔が埋められ、慈しむように髪を撫でられると、胸がきゅんと弾けた。まるで大切な恋人にするみたいだ。

「甘い肌だな。おまえを触っているといい香りがする。これも花の精の仕業か？　おまえ自身が媚薬のようだな。眩暈がする」

試すような視線を感じて、ミレーヌはゆったりと首を振る。

「……っ媚薬は、使ってないわ。私の本心よ」

「わかってる」

ジークフリートはそう言い、ミレーヌの額の髪を束ね、そこに唇を寄せた。

不意に、既視感を抱く。ああそういえば、よく従兄のローレンツがそうしてくれたことがあった。だが、ジークフリートに対して感じるものは、それとは違う。

心臓の音が耳の傍まで響いている。

心細くなったミレーヌはジークフリートをそろりと見上げる。

「ミレーヌ、俺の肩に手を置け」

「こ、こう？」

言われるまま彼の肩に両手を置き、おずおずと問いかけると、彼の顔の角度が傾き、鼻先が触れあった。

思わず、きゅっと目を瞑ると、上唇を吸われ、下唇も同じようにそうされる。ちゅうっと響きわたった官能的な音が、特別な雰囲気を醸しだし、ミレーヌをその気にさせる。

「舌を出して、力を抜け」

命じられるままミレーヌは応じる。そろりと突き出した舌をねっとりと舐られて、背筋にぞくっと甘い痺れが走った。瞼がじんと熱くなる。こうして舌を搦める行為はきもちい い。くちづけをしながら髪を梳《す》いてくれるジークフリートの指先の仕草も好きだ。恋人同士になったら普段からこうして触れあうのだろうか……そんなことを頭の片隅で思った。

「……ん、……は、……ぁ」

苦しくなって唇を離すと顎を食まれ、さらに喉の皮膚を吸われ、徐々に下にさがって鎖骨を甘噛みされる。

「ひぅ……ぁ、……」

肌に歯が当たるたび、彼に食べられてしまうのではないかという錯覚に陥り、ぞくりとした。しかし少しも痛くはない。ただひどく甘美な感覚に眩暈がした。

唇で吸われ、舌を這わされ、痕がつかない程度に甘噛みされるにつれ、もっとそうされてもいいと線引きがなくなっていくような不思議な感覚だ。

草食動物は恐怖とともに甘美な快感を得て、力尽きるのだろうか。そんなふうにも感じさせられるような。

緊張と胸の高鳴りにより息があがって上下する胸が、ジークフリートの手のひらにするりとおさめられ、ミレーヌはビクリと身を強張らせた。少し力を込めて揉みこまれると心地よく、彼の節くれだった指の感触がはっきりと伝わってくる。そしてツンと頂上を抓《つね》られて、ミレーヌは腰を揺らした。

「あ、ぁん……」

ジークフリートは構わずにまろやかな乳房をやさしく捏ねまわし、きゅうっと隆起した小さな蕾を舌で舐った。それはとても丁寧に、丹念に舐められ、じんと甘重く疼く。

「あ、んん」

「おまえのかわいい胸が好きだ。触り心地がよく、反応がいい」

双乳を両手で包みあげながら、ねっとりと舌を這わせる彼の仕草はとても色香に満ちていて、視覚からも刺激を受け、ぞくぞくと甘い痺れが沸き起こった。

「ふ、ぁん、……っ……」

ジークフリートは硬くツンと勃ち上がった胸の尖端を何度も吸い上げ、片方を指の腹で潰してくる。その刺激で秘めたところが潤んでくる感覚がした。

またあんなふうにするのだろうか……と思ったら、ますます濡れていくのを感じた。

やがて彼の唇は山を下り、みぞおちから臍《へそ》のあたりまで辿った。

「脚を開いて」

突然の甘い命令に、ミレーヌはますます困惑する。なんだかいつものジークフリートじゃないみたいだ。臍の下にやさしく唇を這わせられ、甘いざわめきが走る。

「だ、……だめ……ん、……やっぱり、そこは……はずかしいの」

抗う声が勝手に上擦り、まるで誘惑しているようでいやだった。けれど、身体から力が抜けて勝手に声がそうなってしまうのだ。

「教えたはずだろう。男は女のここを舐めたいものなんだ。素直に応じろ」

ジークフリートは無我夢中に茂みの先へとキスの嵐を降らせて、ミレーヌの膝を開かせる。内腿の薄い皮膚を吸いながら、舌をつっと付け根まで這わせた。

膝をあげさせられ、ミレーヌはとっさに声をあげた。

「あ、……そこを見ちゃ……いやっ」

もうとっくに濡れているということを知られるのが恥ずかしかった。

なんとか膝を閉じようとするが、ジークフリートの手のひらがぐっと開かせてくる。

ミレーヌは思わず目を伏せた。

「もうたっぷり感じてしまったんだな。滴ってくるのは……花の蜜か……どこもかしこも甘い匂いがする」

ジークフリートの声がくぐもる。足を開いた中へと顔を近づけ、小刻みに震えている花の芯へとくちづけた。

「あっんんっ……」

窄んでしまいそうなミレーヌの臀部をぐいっと押し戻し、ジークフリートは熱い舌を捻じ込んでくる。とろりと蜜が溢れて滴ってくる感触がする。

「ひゃっ……ぁ」

ちゅっと吸われた途端に達してしまいそうなほどの心地よさが突き上げた。

「ああっ……ん、……だめ、……っそれ、やっ……」

「いや？　こんなに欲してるのに、か？」

そこが物欲しげに痙攣していることが、自分でもわかった。

イヤではない。むしろ良すぎて辛いのだ。

ジークフリートの舌が熱い。ヌルついた舌先でねとねとと這わせられる感触が、絶妙に気持ちよくて、はしたないと思って抗いながらも、実はもっとしてほしいと願ってしまっている。無意識に彼の舌が張りつくかのように腰を揺らしてしまっていた。

刹那《せつな》、ヌプっと蜜路に指が侵入し、まだ狭い入口をゆっくりと抜き差ししはじめる。

「ふ、あっ……ぁっんん」

ちゅぷちゅぷと淫猥な音が耳を弄《ろう》し、熱い雫が吹きこぼれてゆく。その上、熱い吐息を追うように舌を這わされ、舌と指の戯れに腰ががくがくと震える。ますます淫らな水音が立ち、耳を塞いでしまいたかった。

「どんどん溢れてくる。身体はいつも素直だな」

ジークフリートの熱い吐息と、巧みな舌戯にまたじわりと蜜が溢れてくるのがわかった。

尻の下までぐっしょりと濡れてしまっている。

「あ、あっ……あ、…ん、……っ……だめ、……いっぱい、……しちゃ、いやっ……」

いくら抗っても、彼はやめてくれない。

快感は一度きりではなく、幾重にも連なって襲いかかってくる。抗う声は掠れ、もういっそそのまま甘い波に浸かって溺れたくなってしまう。

「はぁ、……ぅ、……あ、……っ……」

かくかくと膝が小刻みに震える。興奮して昂《たかぶ》った胸の先を唐突にきゅっと指で捕えられて、びくんと下腹部が波打つ。

「きもちいいんだろう？　ここ、いやらしくひくついている」

同時にいきりたつ花芯をくりくりと執拗に舌で捏ねまわされ、こらえきれない鋭利な刺激に喉の奥が引き攣る。

「あ、あん、ああ！」

絶妙な力加減でやさしくつよく淫らな動きを繰り返してくるからタチが悪い。

ちゅうっと激しく吸われて下腹部が甘くよじれた。

「ひゃぅっ……」

必死に腰を引いて仰け反ろうとしても、ジークフリートはけして放してくれない。ミレーヌの小さな臀部を可愛がるように引き寄せ、彼の口元に近づけた蜜壺を独占し、絶え間なく舌を這わせてくるのだ。

ジュプ、じゅるじゅる、と吸う音が、ミレーヌの耳を弄する。

ため息まじりのジークフリートの熱い息遣いや、蜜に濡れて弾けるような淫猥な音も。

彼に愛されているという興奮で身体が甘く蕩けていく。

「あ……あぁっ……」

爆発しそうな激しい疼きが内部で渦巻き、奥の襞がひくひくと戦慄いている。今にも上りつめてしまいそうな予感がするのに、出口が見えない。

さざなみのような甘い愉悦が寄せては溜まっていくばかり。このままもう永遠に終わらないのではないだろうか、と思うほど気持ちよくて恍惚としてしまう。

だが、彼の唇にさらにつよくじゅっと吸われ、指をさらに深く挿入された瞬間、一瞬にして脳が焼けてしまいそうなつよい愉悦が込み上げた。

これまでと違った大きな絶頂の予感に、ミレーヌは堪えきれず声をあげた。

「ジーク、フリート様っ……おねが、……っ……んん、っ……あ、あん、……ヘン、私っ……どこかに、いっちゃ……っぅ」

必死に手を伸ばし、ジークフリートに泣き縋るが、彼はその手を握りながら、秘部への愛撫をやめない。赤く腫れあがった頂を舌先で縦横無尽に舐り、隘路へと挿入させた指の角度を変えながら、蜜を絡めながら丁寧に掘削してくる。

指の出入りする感触もねっとりと伝わってきて、彼にそうされているのだと思うほど、中がきゅっと絞れていく。やさしく丁寧にされるたび、彼の思いやりを感じて、逆に焦れた疼きがたまる一方だった。

「あ、ぁ、んんっ……」

意に反して中からビュクッビュクッと蜜が弾けとび、ジークフリートの唇や頬を濡らす。羞恥と快楽と懺悔《ざんげ》で、ミレーヌは涙を零した。

「……ん、ごめん、なさ……とまらない、のっ……」

「いいんだ。ミレーヌ……それが女のかわいいところだ。もっと感じて構わない」

彼は雫を舐めとり、ミレーヌをひたすら求めた。まるで飢えた獣が獲物にありついているかのように執拗に喰らいついてくる。

「だめ、……やぁ……ぅ、いっちゃ、うっ……」

制御不能なほど感じてしまったミレーヌのそこを舐りながら、痛いほど硬く張りつめた乳房の先をきゅっと指で包まれ、同時に責められるうちに、なにかが脳内で大きく弾けた。

まるで目の前で光の爆発があったかのように、視界が白む。制御不能に陥った身体が、うねうねと腰を揺らし、つま先が宙をかいた。喉の奥がきゅっと窄《すぼ》まり、一瞬呼吸さえままならなくなった。

「あ、あ、っあっ……あああっやぁ――」

突き抜けるような愉悦に身を委ねたら、ビクンビクンと臀部が震え、頭が真っ白に染まった。

「……はぁ、……ぁ、……あっ……」

激しく達してしまったせいで、全身が痙攣していた。呼吸を繰り返すたび上下する乳房にジークフリートの手が這わされていき、可愛がるように揉まれた。酸素を求めて喘ぐ可憐な唇には、男のあたたかな唇の感触が落ちてくる。

「ん、……」

ぬるりと口腔を弄るように舌を挿れられ、余熱を絶やさせないようにねっとりと搦めとられ、ぞくんと戦慄く。乳房の先をきゅっと指で挟まれ、ミレーヌはいやいやとかぶりを振った。

おさまっていくはずの甘美な微熱は、また容易に快楽の火をつけられてしまう。背に触れるリネンの感触にすら戦くほどだ。

愛撫されている胸の方に意識をとられていたら、いつのまにか秘めた処へ丸みのある尖端があてがわれていた。質量をたたえた屹立の切っ先が、今度こそ狙いを定めて沈もうとしている。ぬぷ……と異物の感触がして、内腿が戦慄いた。

「ひゃ……ぅっん」

驚いて腰を引くが、彼の手がぐいっと引き戻し、ミレーヌの中にその太くて硬い熱杭をおさめようとする。

ほんの僅かに押されただけで、その質量がどれほどのものか推しはかられた。

指でさえ窮屈な場所に、すべて入るのだろうか、という疑問と不安が綯交《ないま》ぜになり、臀部を知らずに窄めてしまう。

「今日はもう逃がさないぞ。いいな？」

「んっ……」

ひたりと濡れた蜜口に張りついた雄芯がぐぐぅっと濡れ襞を押し開き、ミレーヌは身を強張らせた。硬い雄形がぷっくりと膨れた媚肉の隘路へと潜っていくにつれ、甘いざわめきが起こる。

「あ、あぁ……！」

（本当にこのまま……ジークフリート様と……）

真剣な表情で見つめるジークフリートの眼差しにドキドキして、外側からでは触れられない彼の情熱を感じとるにつれ、胸の奥がせつなく締めつけられる。

普段は見られない彼の特別な表情……他に見ている人がいるのだろうか。

（他の人もこんなふうに……抱いていたの？）

「怖がるな、ミレーヌ」

ゆっくり、ゆっくり沈んでくる彼の熱いものが、ミレーヌの抑えていた気持ちを剝がしていく。

「……ん、……ちがうの」

そう、怖いのではない。

ジークフリートに抱かれることが尊く思えて、他の人にはこんなふうにしてほしくないと望んでいる自分に気付いてしまったのだ。

「何を……想っている？」

「……わから、ないわ……」

本当にわからない。自分だけにしてほしいだなんて浅ましいことを考えるなんて。

(なぜ、こんなふうに感じるのだろう。これもただジークフリート様に情がうつってしまっただけなの……?)

「ミレーヌ、力を抜け……」

ため息まじりのジークフリートの声が、いつにも増して色香をまとっていて、彼の声色に反応して力を緩めるどころか、きゅんと中が疼いてしまう。

彼にそうされたいと全身が求めているみたいだ。

「ジークフリート様……」

不安になり声をあげると、やさしく手を握ってくれた。

やさしくゆっくり入ってくる。その労《いた》わり方が本来の彼のように思えて愛おしかった。

しかしなんとか途中まではいけたが、隘路の先が狭すぎてなかなか進まないようだ。

「この先少し……痛いが、今だけだ……こらえろ」

ジークフリートが腰に力を込め、ミレーヌの細腰を掬うように持ち上げた。狙いを定めた雄芯が中を拓いていく。肉をむりやり千切るような鈍い痛みと、皮膚が引き攣れるような鋭利な痛みが交互に襲いかかる。

「んっ……ぁ、……あっ……」

引きちぎられるのでは……と思った途端、怖くなって力を込めると、ジークフリートは結合部分の先にある花芽を指の腹でやさしくこねまわした。

「ひっ……ぁ、あん……」

濡れた蜜でぬるぬると擦られると、さっき達したときの愉悦がまた引き戻されそうになる。中への侵略を受け入れながら、外から与える快感で蕩けさせられる。中が蠢いて襞が絡みつき、ジークフリートの張りつめた雄形を生々しく締めつけ、ますます今の二人がしようとしていることが脳裏に刻まれる。

彼と一つになる。初めてを捧げる儀式だ。

わかっている。だがそう簡単にはいかない。ほんの尖端だけが埋まって、それから先に進まないのだ。そこからぐぐっと力が込められ、めりめりと皮膚と膣肉を広げる異物感にミレーヌは大きく戦慄いた。

「あっ……っい……っ」

さらに突き進もうとするところ、急に痛みが広がってきた。尖端への愛撫だけではごまかしきれない深い痛みにミレーヌは怖くなってかぶりを振る。

「あ、んん、ジーク、フリート様、……いた、……いの、……抜いて、だめっ」

涙がぽろぽろと零れてしまう。だがジークフリートはやめなかった。

「うそつき……うそつきっ……痛いわっ……」

「ミレーヌ、暴れるな。覚悟を決めたのだろう？　俺もそのつもりでおまえを抱いている。おまえが俺をどう思っているか知らないが……閨《ねや》の中では俺を頼れ……最初は痛いかもしれないが、おまえをひどいふうにはしない」

ジークフリートはそう言って、なだめるようにミレーヌの髪を撫で、震える朱色の唇を舐め、さらに舌を絡めながら、痛みを和らげるかのように、別の刺激を与えようとする。

それは乳首へのやさしい刺激と、口腔を弄る舌のねっとりとした愛撫だった。

意識が二つに分散されるおかげで、気が紛れるが、やはり痛いものは痛い。

「んん、……っ……はぁ、っ……っ」

ミレーヌは苦しくなって喘ぎ、ジークフリートに救いの眼差しを向けた。

彼もまたいつになく真剣で、碧い瞳が濡れている。

「辛いだろうが、もう少し我慢してくれ」

そう言うジークフリートの表情も苦しげだ。

ぐっぐっと尖端を潜らせ、ゆっくりと押し入ってくる。こんなにもしっかりとした質量のものが、すべて入るなんて信じがたかった。

「も、……む、り……っ……」

相変わらず肉をむりやり引きちぎっているような鈍い音が響く。これがいつまで続くのだろう。

「ああっ……だめ――……っこわい、のっ」

途中で止まっている。本当に身体を貫かれたのではないかという不安に襲われ、ミレーヌは喘いだ。

「……あと、少しだ。辛いなら……俺の背に爪を立ててもいい。肩を噛んでも構わない」

額に玉のような汗が落ちる。ジークフリートの筋肉質な腕にさらに筋が立っている。彼もとても辛そうだ。こんな狭いところに挿れるのだからきっと痛いだろう。それなら、どうしてここまでして求めてくれるのだろう。そんな淡い気持ちがふらりと脳裏を掠める。

「んんっ……」

何度か痛みで背を仰け反らせた。そのたびにジークフリートの大きな手が臀部を支えてくれ、ずンと甘重い痺れとともに深く挿入されていく。

「あ、ぁっ……」

「……くっ……狭いな。もう少し……だ」

硬くて太い剛直がやさしく沈んでいく感触にミレーヌは涙を零しながら必死にこらえる。

「……ぅ、んんっ……はぁ、っ」

骨が砕かれたのではないかと思った。或いは溶けだしているのかもしれない。こんな状態で一つになれるものなのだろうか。

一心不乱にしがみつく時間が、もう永遠のときのように感じられた。

刹那、ジークフリートが何度か抽挿を深め、そしてついに一際熱いものがずんとミレーヌの奥に埋まった。

「……おまえの奥まで入ったぞ」

ホッとしたように熱い吐息を零して、ジークフリートが呟く。

ミレーヌの背中は汗ばんでいて、彼の額にも玉のような汗が流れている。そんな彼の表情を見たら、胸がきゅっと疼いた。

「ほ、ほんとうに……？」

子どものように縋った瞳で見ると、ジークフリートが額にキスをしてくれる。

「わかるだろう？　俺がおまえの中にいることを」

ミレーヌは小さく頷く。腰を動かそうとしても、密着して繋がりあったところが抜けていかない。圧迫感に息が詰まるほどだ。内部でとくんとくんと脈が伝わってくる。

下腹部の方に視線を寄せると、雄々しい屹立が見えない。彼のものがミレーヌの中に埋められているのだとわかった。

「ゆっくり動くから、おまえは俺にしがみついてろ」

「えっ……あ、あの……」

「このままでは終わらないんだ」

ホッとしたのも束の間、ジークフリートがゆっくりと抜け出て、またゆっくりと挿入する。その繰り返しをするうちに、彼の屹立が蜜に濡れて艶めいていくのが見えた。

見た目では突き刺されているような痛々しさがあったが、彼が抜き差しをするたびに熱い淫蜜が溢れ、音を立てながら交わるたび、やがてなめらかになっていく。指や舌で弄られているときと比べ物にならない大きな衝撃は、痛みを散らすように、甘く、熱く、どれほどでも蕩けさせられてしまいそうな心地のよさを与えてくる。

「あ、……ぁん……はぁ、……あっ……ジークフリート様っ……」

「かわいい女だ……ミレーヌ。必死にしがみついてくる……おまえ自身も、中も……やはり、愛らしい」

甘い言葉と熱い吐息が、耳朶を濡らす。

こんなに狭いところに挿入しつづけて、彼は痛くならないのだろうか。しかし時々堪えるような彼の吐息が乱れるたび、痛みと格闘しているものではないということが伝わってくる。

ミレーヌ自身にも、広がっていく疼痛《とうつう》を上回るような、感覚の変化があった。

ゆっくりと隘路を広げるように入ってきて深く穿《うが》たれる瞬間に、甘美な愉悦が込み上げ、彼が抜け出ていく瞬間に、せつなさで身が焼かれそうになるのだ。

「やさしくしてやるつもりだったが、無理だ。おまえのせいで欲情してしまった」

奥に何度も何度も彼が入ってくる。そうして奥を穿たれるたび、彼が恋しくてたまらなくなり、もっともっとそうしてほしくなる。貫く衝動がより深くなめらかになると、ジークフリートは覆いかぶさってきて、ずんずんっと腰を揺らした。

「は、ぁ、ん、……ああ、……ん、……ジークっ……」

揺さぶられながら、いつのまにかミレーヌは懇願していた。

なにかを口走りそうになった。もっと――と。

（おかしいの？　もっとしてほしいなんて。まさか私にも媚薬を？）

苦しくて、疼いているところをジークフリートにどうにかしてほしい。その一心で、ミレーヌは腰を動かす。

するとジークフリートがじれったそうに腰を掴み、突き入れる角度を変え、それから覆いかぶさるようにして、唇を求めてきた。

「んぅ……」

ねっとりとした舌の蠢きと、下肢に与えられる激しい衝動に、脳内が蕩けてしまいそうになる。ほんとうに一つになってしまったみたいだ。

手を繋いでくれ、指を絡めてくれた。やさしい恋人のような仕草に胸を焦がしながら、彼から与えられる極上の快感に身悶えする。

「ん、は、ぁ、っ……んっ……どうし、たらいいの……きもち、いいの」

「ああ……俺もだ……もっと動くぞ。ミレーヌ」

そう言いながら、深く、深く入ってくる。結合している部分までもが、狂おしいほどに疼いていた。より速まっていく彼の動きにあわせ、ミレーヌは浅く息を吐く。もう何も考えられなくなっていた。ついには素直な言葉が溢れだす。

「ん、はぁ、……いい、っ……くるし、の……だから、いっぱい、……してっ……」

「……っ……あんまり、煽るなよ……」

煽るなと言われても初めての経験のミレーヌにはどうしたらいいかわかるわけがなかった。ただ彼にあわせて求められるまま応じるだけだったのに、自分から欲してしまうなんて考えたこともなかった。

「……だって、……わかんなっ……い」

労わるように抽挿を繰り返されていた動きがだんだんと切羽詰まったように速まり、接触する場所への抽挿も激しくなっていく。時々戒めるようにきゅっと花芯を抓まれ、やるせないため息が零れる。

とっさに掴まったジークフリートの腕に力がこもり、ミレーヌの腰を支える二つの手がよりいっそう引き寄せて、激しく突いた。

「ふぁっ……んぅっ……ああっ」

丸い尖端が何度も奥を突くのが気持ちよくて、腰を揺らしてよがってしまう。

「ジークフリート様……あ、あ、あっ……いっぱい……もっと、きもち、いいっ……」

「ミレーヌ……おまえは、煽るなと言ってるのに……は、……かわいいやつめ」

中を埋め尽くすジークフリートの熱棒がよりいっそう硬さを孕んでいく。

ゆさゆさと揺さぶられるたび、たわわな乳房が震え、叩きつけるように肉棒を押し入れられるたび、ぱちゅぱちゅと蜜にまみれた淫らな音がする。

充血して膨らんだままの花唇が戦慄き、その先に控えめについている花芯を指で捏ねまわしながら、ジークフリートはミレーヌの最奥を突いた。

ずん、ずんっと進められるにつれ、大きな衝動にミレーヌは戦慄く。

「あっ…あっ……あっ……ふ、おっき……ぁンっ……」

「おまえが欲しがるからだ……っ、……いくぞ」

激しく腰を振りたくられ、ミレーヌの胸が上下に揺れる。それを摑むように揉みながら、ジークフリートはミレーヌの奥へ、奥へ、と熱い剛直を突き上げていく。

「ん、ん、あん、あっっあっ……」

二人で共に少しずつ着実にどこかへ向かっている。そんな予感がする。

大きな甘い波がざわざわと押し寄せてきた。お腹の中がとても熱い。

「あ、あ、ああ、……なにか、……きちゃ、うっ……っ……」

「……いい、そのまま……俺も追いかける……ミレーヌ……いけ」

低く呻くような声で、ジークフリートは命じた。

ぶるっと震えが走ったその刹那《せつな》、硬い塊を最奥までたっぷりと埋められ、よりいっそう熱いものが体内で勢いよく迸《ほとばし》った。

「あ……あぁっ――――!」

一瞬、暗転したような気がした。実際は、ふわりふわりと羽が落ちていくかのような浮遊感に身を預け、ゆっくりと弛緩して地上へとおりていく。と同時に重たくて熱い体温が覆いかぶさった。

ジークフリートの背中に手を伸ばし、彼の唇がこめかみや頰を滑っていくのを感じながら甘い余韻に浸った。

中が蠕動《ぜんどう》するようにジークフリートを締めつけているからか、どくん……どくん……と脈が直接的に伝わってくる。とろりと溢れてくるのはジークフリートの吐精した体液だろうか。それを飲みこみたがるように中が収斂《しゅうれん》する。

熱い吐息で濡れた唇が、やがて重なりあい、互いになだめあうように唇を啄《ついば》んだ。それはごく自然に恋人同士がするくちづけのようだった。

汗ばんで密着した胸から激しい鼓動が伝わってくる。自分のものだけではなく彼のものも同じだけ忙しない。

繰り返し、繰り返し、唇を食みあいながら、余熱をおさめていく。すると、子宮の奥が収縮するような不思議な感覚がするのと同時に、視界が変わっていくことに気付いた。

きらきらと瞬く星のように、或いは川のせせらぎを流れゆく砂金のように、さらさらと頬にかかる髪、落ちかけた夕陽が映った海のような澄んだ瞳、彫刻のように整った鼻梁、形のよい薄い唇、それらがだんだんと大きくなっていく。

驚いたようにジークフリートの瞳が見開かれ、ミレーヌは自分の身体と、彼の身体とを見比べた。

（……もしかして……もしかして……）

翠玉石《エメラルド》の瞳を大きくして、ジークフリートを見つめる。ふわっと身体が宙を浮くような感じがして、ミレーヌは自分の背に手を伸ばす。

「――信じがたいが、どうやら儀式は成功したみたいだな」

声がやたら大きく聴こえ、ぼわぼわしたむくみを感じたかと思いきや、ミレーヌの背面から羽がひらりと伸びて、きらきらと虹色に煌めいている。

「ほんとう!?　戻ったのね！」

ミレーヌはパアっと表情を輝かせ、ひとおもいに舞い上がり、一気に空を切った。

身体がふわりと軽く舞い上がる。ひらひらと自由に飛ぶことができる。

「ジークフリート様。見て、見てっ……私、ほら、飛べるわ」

自由に羽ばたけることを確認して、ミレーヌは満面の笑みを浮かべて喜ぶ。妖精に変えられてしまったときはあれほど苦悩していたはずなのに、今は裸のままだということさえ忘れていた。

ひらひらと飛んでみせるミレーヌを、ジークフリートは頬杖をついて、しばらく見守るような瞳を向けていたのだが――。

唐突にひょいっと摘まれて、ミレーヌの身体が宙を浮く――否、もうとっくに浮いているのだけれど。

「あ、あれ……きゃっ」

ジークフリートの顔が近づいてくる。彼の長い睫毛が伏せられた瞳の上でカーブを描いているのがはっきりと見えるところまで。そして色艶のいい甘やかな唇――。

「えっ……ン!?」

ナニが起きたのか、思考が停止する。

その少しあと、再び視界がじわじわと拡張していくのを感じ、ミレーヌはハッとした。

あっというまに身体が重たくなり、手足が伸びていく。そして最後にぼわんと乳房の膨らみが押しだされたのだ。

「きゃあっ」

「やはりこのサイズがいい」

そう言いながら、ジークフリートがミレーヌのまろやかな乳房を両手におさめる。

ミレーヌは唖然として一瞬、言葉が出なかった。

(なっななな……なにを悠長に……言ってるの――!)

「……ひっひどいっ放してっ……せっかく元に戻ったのに！　どんな想いで！　なんてことするの！　どうしてくれるのっ！　うそつき！」

キスをすることは容易《たやす》いかもしれない。だが、元に戻るための儀式はそうはいかない。あれほどの痛みに耐え抜き、体力を消耗するものなのだから。

「実験だよ。たった一回でもとに戻れるのか」

ジークフリートはしれっとそう言い、ミレーヌに再び覆いかぶさった。汗は引いているが身体は熱い。抱きすくめられて身動きができなくなる。

「ちょっ……！　離れて」

ジークフリートの端麗な顔が近づいてくる。艶めいた甘い瞳にどきりとした。

「悪いな。おまえがあんまりかわいいものだから、おさまりがつかなくなった」

濡れた場所に硬いものが押し当てられ、下腹部にぬくりと圧迫感が広がり、ミレーヌは驚いて息をつめた。先ほど吐精させたばかりなのに、もう張りつめつつある。

ミレーヌを愛おしげに見つめて唇を奪うと、摑んだ足を開かせ、擡《もた》げていた切っ先でぬぷ……と陰唇を押し開こうとする。

「……あっ……んんっ！……うそっ……やっ」

じたばたしている間にも、ジークフリートの猛々しい熱棒の切っ先が、蜜に濡れた隘路を開き、腰をゆっくりと埋めてくる。ついにはずんっと最奥を突かれ、目の前が一瞬白く染まった。

「やっ……ジーク、抜いてっ……ほんと、に……だめっ」

逃れようとすればするほど、中で彼が膨らんで、ミレーヌの中にいっぱい広がっていく。杭を打たれてしまった蝶のように彼から離れられない。

「おまえが締めつけてるんだ」

「そんなこと……ないわっ」

「ならば、こうすればわかるか」

ジークフリートはそう言い、わざと緩慢な抽挿をする。するとミレーヌの柔襞が動きにあわせて呑み込むようにやわやわと彼を締めつけていくのだ。それをいいことに彼は赤く膨れた肉芽を指先でとらえ、くりくりと弄る。

「ん、……あ、……あっん！　だめ……っ」

どうにかして力を抜こうと試みるが、きゅうっと締めつけてしまい、それにも増して中で彼のものが張りつめていく。

（わぁんっ……なんでっ……おっきくなるのっ……）

「一度切りではわからない。試してみなくてはな。もう一度、戻れるかどうか……」

そう言いながら、絡みつく粘膜を押し広げるように彼は入ってきて、亀頭をぐりぐりと押しつけてくる。

「や、んんん、だめ……だったらっ……」

丸みを帯びた雄芯で最奥を抉られると、激しく達したばかりの芯に火がついてしまいそうになる。

「あんっ……や、……あ、……あんっ……」

「さっきよりもいいだろ。もっときもちよくしてやれるぞ」

「ん、っ……ずるい、……」

「おまえが、よがってほしいと叫んでいたのを、忘れたのか」

たしかに初めて交わったときとは違った。いい意味でも悪い意味でも。だんだん淫らな快楽に引きずられ、堕落してしまいそうになる怖さがあるのだ。

ジークフリートはやさしく腰を揺らしながら、焦らすように抽挿を繰り返し、耳朶を食んだり、耳殻をなぞったりして、耳元でぴちゃりと官能的な音を立てる。それが鼓膜に滑り込んで、ぞくっと震えが走る。

「おまえは耳、感じやすいな」

「んんぅ……いじ、わる……いや……」

耳が感じるなんてジークフリートに触れられなければ知らなかった。さらに繋がりあっているところが熱くて、きゅんきゅん痺れる。ちょうど気持ちのいい場所を抉られ、涙が溢れてしまう。

「は、あん、……やぁ、ずるい……ジークフリート様のばか……っ」

喘ぐばかりで酸素が足りなくなりそうだ。

「おまえを放すのが惜しくなった……と言ったら？」

そう言うジークフリートの声も掠れている。突然ぬるっと抜け出ていった彼の赤銅色の肉棒がビクビクと痛いほどに脈を打たせていた。

と、足を引っ張られ、うつぶせにさせられる。

「きゃっ…あンっ……な、なにっ……」

何をするのかとおもいきや、うしろから秘めた蜜口にあてがい、ひとおもいに貫いたのだ。

「あ、ああっ！」

これでは、まるで動物の交尾みたいだ。

ゆさゆさと乳房が揺れ、最奥に届くように彼の長大な肉竿が当たる。それもさっきよりも気持ちのいい場所を突いて、何も考えられなくなってしまいそうになる。

ずんっずんっと最奥を突かれ、思わず仰け反り、目の前の枕に抱きついた。すると背中に張りつくようにジークフリートの熱い胸板が当たる。

「見てみろ。おまえが乱れてる姿だ」

四つん這いの格好をして乱れている自分が──目の前の鏡に映っていた。

ジークフリートがたわんだ乳房を揉みしだきながら、ミレーヌの臀部を掴んで前後に抽挿を繰り返している様子がありありと映っている。

その上、うしろから挿入される方が最奥まで届くみたいで、穿たれるたび、絶頂へと押しだされそうになってしまう。

「や、やっ……うしろ、だめ……はずかしめは、……やめてっ」

筋肉で隆起した胸板、引き締まった腰、逞しい屹立、力強い腕、……ジークフリートの姿にも見惚れ、ますますジンと痺れた。

「さっきよりも溢れてくる。うしろからの方が好きなんじゃないのか？」

「わからなっ……いのっ……もうっ……」

「また、いきそうなのか？　夜のおまえは、従順でかわいい女なんだな」

ちかちかと目の前が白く染まる。さっきのやさしいジークフリートと違って今度はいじわるだ。それなのに言葉で責められて、熱い楔《くさび》で攻められると、涙が溢れでるほどきもちいい。

断続的に激しく突き入れられ、ミレーヌはがくがくと震えながらリネンを握りしめた。

「あん、あっあっ……や、また、いっちゃ……うっ…あぁぁっ！」

甘い愉悦が波のように押し寄せ、あっというまに絶頂が駆け抜けていく。びくんびくん

と身体を震わせるミレーヌのあとを追うようにジークフリートの熱い飛沫が体内に注ぎ込まれた。

「――は、ぁ、……あ、……あっ……あ、っ」

ミレーヌの秘花からとろりと雫が太腿に落ちてくる。ジークフリートの吐精した体液とまざりあった淫らな蜜だ。

くたり、と手折られた花のように身体を横たえようとしたところ、ジークフリートの武骨な指先が大きく映りはじめた。

今度こそ……と羽ばたこうとするが、もう飛ぶ気力も残っていない。

すると宝石のように澄んだ碧瞳が覗きこんできて、ぎくりとする。彼の形のいい唇が迫ってくるではないか。再びキスをしようとするジークフリートに、ミレーヌは両手で精一杯阻止する。しかし、彼の力には当然敵わない。

「ちょっ――と――!」

あっというまに手のひらに包み込まれてしまい、彼の唇が迫ってくる。

「も、だめぇっ……たら！　お願い……！」

「……だめだ、おまえを放したくない」

「ん、んっ……放してっ」

「人間になっても妖精になっても結局、その瞬間に裸になるってことだな。便利なものだ」

からかうジークフリートにミレーヌは真っ赤になってぷんぷんと怒る。

「私で遊ばないで！　えっち！　だいきらい！　もう知らない！」

勢いに任せてひらりと舞い上がって逃げ出そうとするが、とっさに彼の手のひらに包まれてしまう。覗きこむように見つめられ、ミレーヌは自分の唇に手をあてがった。

「忘れたか？　もう逃がさないと言ったはずだ」

「わ、わかったから、き、キスはもうだめ！」

「唇じゃなければいいんだな？」

そう言いながら、ジークフリートはミレーヌの小さな足の指を一本ずつ舐めしゃぶりはじめた。

「きゃんっ……」

「こんなところも感じるか。人間と妖精と、どちらがきもちいい？」

「やぁっ、……おねがい、もう……ゆるして……っ」

「おまえが抱いてほしいと言うから、隅々かわいがっているのだろう。わからないか」

たしかに儀式のために抱いてほしいと願ったし、彼は思うとおりにしてくれたけど、二回もするなんて聞いていない。それに放してくれるつもりだってないじゃないか。

「し、らないっ……えっち！」

彼こそ人間ではなく、野生動物なのではないかと思ってしまう。

そして再びちゅっと可愛がるようにキスされてしまい、ミレーヌの身体はジークフリートの厚い胸板に寄せられてしまった。

「……ジークフリート様のばか……っ」

ぽかぽかとミレーヌが胸を叩いて暴れる一方、さっきまで荒々しく獣のように求めていた彼の姿はなく、虫の一つも殺《あや》めないような涼しい顔でミレーヌを横目に眺め、優雅に凜々しい裸体を横たえた。

「逃げようとしたなら、足を括り付けるからそのつもりで」

とまで言う始末。

「ひどい！　悪魔だわ！」

「まあ譲歩してやれなくもない。仕方ないから小さなドレスもいくつか作ってやる。それから……鳥籠も、か」

やさしいのかいじわるなのかわからない。とにかく彼は自分を放してくれるつもりはないらしい。

鳥籠と聞いて、ミレーヌはゾッと青ざめるのだった。

結局、ジークフリートのいたずらな実験のために、ミレーヌは実に三回もの儀式を遂行することとなった。そう、二回じゃなく三回。あのあとも足の指を一本ずつ舐めしゃぶられ、最後まで奪われたのだ。

逃れ逃れようやく妖精に戻れたと思ったら、彼は今度ミレーヌを鳥籠の中に閉じ込めたのだった。

「信じられない！　ちょっと！　どういうことなの！　うそつき！　ここから出して！」

ミレーヌにとってみたら巨大な檻《おり》だ。格子に摑まり、がしゃがしゃと揺さぶって訴えるが、当然、人間の目からしたら些細な物音で迫力はない。

ジークフリートは腕を組んだまま妖精の羽でふわりと浮かんでいるミレーヌを見下ろし、首を横に振る。

「おまえに逃げられては困る。俺の子を孕んでいるかもしれないのだからな」

至極当然のように言う彼に、ミレーヌは絶句する。

「な……っ……それを実験するっていうの？　不完全な身体では、できないことになっているのよ？」

「そうか……ならば、孕むまで注いで、二度目は人間のままにして監禁しておくべきだったな。おまえがあまりにもよがりすぎるから我慢が利かなくなった。おまえのせいだ」

「わ、私のせいにしないで！　っていうか、なんてひどいことを言うの！」

めくるめく彼との一夜をいやでも思い出され、ミレーヌは赤面する。

「おまえは意識を失って覚えていないか？」

落胆したようなジークフリートの声。

「え？」

ミレーヌはジークフリートの顔を見つめながら、昨晩の記憶を辿る。思わず記憶を遮断したい気持ちになるが、ひとつひとつ断片的に覚えている。

『おまえを放すのが惜しくなった……と言ったら？』

たしか彼はそんなことを言っていたような……。思い出したら、頬が熱くなった。

「お、覚えてないわ」

ミレーヌはとっさにはぐらかすが、ジークフリートにはお見通しのようだ。彼の碧い瞳には、常々なにもかも見透かされているようで、悔しくてたまらない。

「一つだけ言っておこう。おまえが心配していることだが、我が国でも手立てを考えている」

　急に深刻な顔をして言うものだから、ミレーヌは不安を抱いた。

「手立てって……何？　具体的に言ってもらわなくちゃ、心配で仕方ないわ」

「まず、フェンリヌの森をどうしようという気はない。帝国の君主といえど、自治権の強い国にそうそう介入できるものではない。それを盾に諸国は自分たちの塀を高く見積もりはじめた。本当に苦しんでいる民のことも考えず私利私欲の建前だけの人間ばかりが増えている。そんな現状を俺は変えていきたいと思っている。先帝から引き継いだ志だ。まあ、諸国の王たちにとってみれば、俺は悪の皇帝に違いないが」

　ジークフリートの強い意志を感じる眼差しに、ミレーヌの胸に熱いものが迫る。

　しかし次に告げられたのは冷ややかな言葉だった。

「だが、今の今、おまえがフェンリヌの森に帰ることを許すわけにはいかない」

　それにはミレーヌも表情を強張らせる。

「じゃあ、どうして儀式に……協力してくれる気になったの？　ただのいじわるなの？」

　ミレーヌが憤慨して追及すると、彼はふっとため息をついた。

「おまえをその姿のままにしておく必要がある。これからシュバルト王国から使節がやってくることになっているんだ。前に言ったとおり、泡をくって動きはじめた。だからこそ、こちらには何も動揺が起きてないことを知らしめなくてはならない」

　そう言うジークフリートの表情はいつになく硬く、彼がひとりの男性である以前にラインザー帝国の王であり、皇帝陛下であることを改めて思い出させるものだった。

そして彼は踵《きびす》を返し、ミレーヌから離れようとする。その背中が他人行儀のように思えて、突き放された気持ちになる。

「ジーク……」

とっさにミレーヌは名前を呼んでしまった。

「そんな顔をするな。お前を傷つけることはしない。約束する」

(そんな顔……私、どんな顔してるの。わからない……)

近くにいるのに遠い……そんなふうにも感じられて、急に不安になってしまったのだ。


結局、鳥籠の中に閉じ込められたまま、ミレーヌはジークフリートの私室のつづき間に連れていかれてしまった。

外側からの鍵をかけられているので、出入りするには彼がいなければ無理のようだ。格子に摑まり、ジークフリートの背中を見送ったミレーヌは途方に暮れていた。

陽が暮れて真っ暗になる頃、ばさっと羽ばたく音が聞こえ、ハッとする。

「あっ……」

隣にも鳥籠が置いてある。それも高さ六十センチはあるだろう大きな鳥籠だ。

中にいるのは……青い鳥⁉　じゃない。

(あれって、あのときの……鸚鵡⁉)

首を竦めて、冠羽を前後にふわふわと揺らしながら、羽を休めてすやすやと眠りについている。

間違いない。あの赤い顔、特徴のある嘴……。

(あんたも捕まったのね……)

……ははは面白くもない乾いた笑いが出てしまう。

やっぱり追いかけてきたのだろうか？　と思うとげんなりする。

もしかしてジークフリートに刺さった媚薬の矢も、同じように効果が持続していて、そのせいで彼は構ってくるのだろうか。けれど、術にかかったような雰囲気はないし、公務では冷静な判断ができている様子である。

いずれにしても、モンタルクの王女が婚約を断ってきたという時点で、無意味な行動だったのだ。

鸚鵡がこちらを向いてパタパタと羽ばたいた拍子に、羽が一枚ふわりとミレーヌの籠の上に舞い上がり、そしてひらりと落ちてきた。

あの鸚鵡に関わると碌なことにならない。縁起でもないわ！　とわたわた羽を避けようとしたが、不意にパチンと閃いた。

(そうだわ！)

ミレーヌは手を伸ばして舞い降りてきた羽を籠の方へ引っ張って抱きつくと、鍵のかけられている扉へと引っ張った。

鍵は縦に杭《くい》を差し込むタイプなので、力いっぱい引っ張ればなんとかなるかもしれないと思ったのだ。

——が、思いのほか、固く差し込まれていて抜けない。

羽を括り付け、いったん杭をぐりぐりと回転させてから、上方にぐっと引っ張る。それを何度もねじって繰り返すが、うまくいかない。だんだん苛立ってきて、もうとにかく力勝負だった。

輿入れ前の乙女が大股を開いて羽にしがみつき、悪魔も驚くような形相で奮闘している姿は……誰にも見せられたものではない。しかしそんなことも構っていられなかった。

(……んぅーっ……これでも抜けないのっ)

羽が千切れるのと、鍵が外れるのと、根競べである。少しずつ杭が浮くようになり、あと少し……というところ。ミレーヌは自分自身の手でぐぐーっと引っ張った。

(これでダメならもう……っ)

最後の力を振り絞る。するとカタンと鳥籠の扉が開かれた。

(やったわ!)

肩で息をしながら、額に流れる汗を手の甲で拭う。休んでいる暇はない。このまま隙を狙って逃げれば、フェンリヌの森に帰れるのだから。

(ありがとう！　あなたのおかげよ)

隣に仲良く並べられた鳥籠の中には鸚鵡の姿――。

ミレーヌはげんきんにも鸚鵡に感謝するばかりか、閉じ込められたままの鸚鵡がなんだか気の毒になり、お節介にも開けてあげようかと思い立ったのだが、今騒ぎになってしまったら身も蓋もない。

(ごめんね。今は見逃して……この借りはいつか必ず返すから)

ひらり、とミレーヌは自分の羽を羽ばたかせる。それから、つづきの間となっているジークフリートの寝室に忍び込んだ。

ベッドに人影があり、彼が戻ってきたのだと知る。きっと疲れて眠ってしまったのだろう。多忙を極める彼には束の間の休息が必要だろう。

(ぐっすり眠っているみたいだし……)

ホッと胸を撫で下ろし、今度は部屋から出られる場所を吟味する。部屋のドアは閉められているし、窓も開いていない。鳥籠から出られたとしても、大きな檻の中には変わりないのだ。

こんなときに風の力があれば……と思ってしまう。とりあえず、どこかに隠れて、部屋のドア或いは窓が開いた隙を狙って出ていくしかない。

どこかから吹いてきた隙間風がすうっと背中を押してくる。それを機にミレーヌはジークフリートの傍に寄り、彼を改めて見つめた。

（もしも私が刺客だったなら、殺されているわよ……？）

物騒なことを心の中で呟く。実際、妖精でもなければ無理なことだが、せめてもの彼への反発だ。

こうしてじっくり見ると、パッと見だけではなく、生まれながらに秀麗な顔立ちをしているのだということがよくわかる。

びっしりと詰まった長い睫毛、高い鼻梁と引き締まった唇には、雄々しい魅力があるし、寝ているときですら隙のないような整った表情だ。

性格はひとまず別として、ミレーヌを抱いてくれるときの彼は、普段と違ってやさしかった。どれだけでも甘やかしてしまいそうな触れ方で、高みに連れていってくれた。そのときに見つめる瞳はとても愛おしげで、まるで本気で愛されているような錯覚に陥ったが

……男性とはそういう生き物なのだろうか、と考える。

唇をじっと見つめていたらなんだか急にむずむずと触ってみたくなり、ミレーヌは近づいた。

どうして彼はキスをしたのだろう？

興味本位からはじまったというだけ？

真意が知りたくなってくる。そっと近づいて、ミレーヌは自分から唇を近づけてみた。

――と、すうっと隙間風に煽《あお》られてバランスを崩してしまい、チュっと唇がくっついてしまい、仰天する。

（わわわ、私なんてこと考えてるのっ。自分からキスするだなんて！　ちがうちがう！　理由が知りたかっただけ。っていうか、そんな理由を知る必要なんてないじゃないの！）

かーっと熱が噴きあがってきて、のぼせてしまいそうになる。

――が、我に返ってすぐ、顔面からさあっと血の気が引いた。

「はっわわわ……なんで！」

キスをしたら元に戻ってしまうのだということが、すっかり頭の隅っこに追いやられていたのだ。

ホントになんてことしちゃったのよー！　私のバカバカ、大墓穴じゃないの――！

神様、お願いします！　一度だけ見逃してください！

必死に願った甲斐もなく、ぼわんっと大きくなった身体が、ジークフリートにのしかかる。

とっさによけようとしたが、がっしりと腕をまわされ、動けなくなってしまった。

――と、目と目が合い、ミレーヌは狼狽《ろうばい》した。胡乱げな視線だが、すぐにふっと意地悪な視線を投げかけられ、ドキッとする。

「――随分といい眺めだな……まさか鳥籠から抜け出すとは。夜這《よば》いするほど、したかったのか」

ほんの僅かに寝起きの掠れた声。ほわんと押しだされた乳房の先にツンと指が這わされ、ビクンと戦慄く。

「きゃっ、ちがっ……」

「これだから目が離せん」

じたばた身動きをしようとすると、後頭部を押されて、唇を深く食まれてしまった。

「んん、……」

力が抜けていく。ジークフリートの手に髪を撫でられると心地よくて、唇を重ねられるたび、寄り添いたくなってしまう。

どうしてこんなに唇を重ねる行為が気持ちいいと思うのだろう。

ふと瞼を開いてみると、ジークフリートが先に見つめていた。やさしい眼差しに胸が高鳴る。

(なに、この雰囲気……)

どうしてそんなふうに見つめるのだろう。

じわりと甘い蜜が溢れだすような、甘美な予感だ。

腰に手を回されて、キスの続きをねだるように顔を近づけられ、心臓が早鐘を打っていく。

「あ、あの……」

もじもじとしているミレーヌに対して、ジークフリートが口を開きかける。と、彼の視線が不意に扉の方に移された。

「誰だ」

ミレーヌもつられて扉の方を見る。そこは既に開かれていて、護衛兵が今にも突入しようとしているところだった。

当然だが、ミレーヌは今ドレスが破れて……裸。胸を押し潰すかのようにジークフリートの上に覆いかぶさり、唇を重ねていて――。

兵士の顔がみるみるうちに赤くなり、脱帽して地面に視線を落とす。

「も、申し訳ありません！　物騒な物音がしましたので」

「よい。何も不審なことは起きていない。水を差されて不愉快だが」

ジークフリートは手を払うように言って、ミレーヌの背中にふわりと上着をかけてくれた。

「陛下、心より……心よりお詫び申し上げます！」

「よいから下がれ」

兵は極力こちらを見ないようにして敬礼し、そそくさと持ち場に戻った。

（いいいい、今の見られた……!?）

くっと喉を鳴らして、ジークフリートは笑う。

「皇帝を組み敷いて誘うなど、大胆な花嫁候補だと思われただろうな」

ミレーヌの頭の中に、扇子の裏側で噂話をする女性や嘲笑《あざわら》うような男性の視線が寄せられている自分の姿が思い浮かべられる。

「なるべく関わらないようにしているのに……っ」

噂は人伝《ひとづて》に大きくなっていくものだ。高級娼婦のように迫っていたなどと言われるようになるかもしれない。

「見られたのが護衛兵でよかったな。むやみに噂を垂れ流すような人間だったら傍においていない。安心しろ」

「それにしたって、私……またこの身体になってしまったわ」

自分の不甲斐なさに涙さえ出てこない。本当に落胆したとき、人は涙さえ出ないのだと知った。

「ミレーヌ、もう一度、妖精になりたいか？」

その意味は考えなくてもわかる。破れてしまったドレス、剝き出しになった身体、彼にしなだれかかることでしか身体を隠せない状況。

「む、むむむ、無理ですっ……」

「俺は、このまま続けても構わないんだが」

不敵な笑みを浮かべ、ミレーヌの背にかけた上着を取り払い、つっと鎖骨のあたりをなぞる。

ミレーヌは声に出してしまわないようにぎゅうっと唇を噛んだ。

さっきの兵が扉の向こうで待機していると思ったら、そんなことできるはずがない。

それなのにジークフリートはさらに迫ってくる。

「逃亡しようとした罪を、どう償う？　挙句の果てに、寝こみを襲うとは」

いじわるな視線を感じて、ミレーヌの身体は燃えるように熱くなる。彼の不埒な指先が華奢な女の鎖骨から移動し、まろやかな乳房の形をなぞるように這わされていく。

「……そんなつもりは」

ぶるっと身震いしながら、ミレーヌは視線を落とす。

「ならば、どういうつもりだった」

「陛下が……私を閉じ込めるからいけないんです」

「答えになっていないぞ」

体裁を保ちたくて反発したところ、頬に手を這わされる。

「隠すな。おまえの表情を見たい。俺の手に触れられて、泣きそうな瞳で感じているのをこらえてる、おまえを見るのが面白い」

「そ、そういうの、へ、ヘンタイっていうんだから！」

「そういう言葉を俺に投げかけるのは、おまえだけだ。悪い気はしていない。じたばたしているおまえを、もっと可愛がっていたくなる」

思いがけず甘い言葉をかけられてしまい、調子が狂ってしまう。

「……どうして私に固執するの？　私には何も力がないわ。このとおりドジで間が悪くって、たとえば私がなにかよくないことを企んでいる間諜だとしても、人間の姿でない限り……亡国となったフェンリヌを復興してなにかしようなどできないわ」

「おまえは王女だ。何も力がないということはないだろう」

なぜか慰められているという変な状況に、ミレーヌは気が緩んで泣きたくなってきてしまった。

「形式だけだわ。皆が思ってる。いっつも失敗ばかりで、何もできない姫だって。だから私どうしても国のために役立ちたかったの。せめて青い鳥だけでも探さなくちゃって……けど、見つけたのは、あの鸚鵡だったわ」

「やはり、おまえが飼っていた鸚鵡か。不審な動きをしていたようだったから捕えておいた。伝書鳥というわけではないようだが、間諜の手段としてはよくあることだからな」

「私が飼ってたわけじゃ……あれは勝手についてくるのよ。私だって迷惑してるんだから」

ぶつぶつとミレーヌは口を尖らせる。

惚れ薬を間違えて飲ませてしまった、という言葉は一応呑み込んでおく。

「願いを叶える青い鳥か」

ジークフリートは遠い目をするようにため息をつく。

「……え、知っているの？」

「……おまえが寝言で無意識にしゃべっていたのだろう。それで俺は確信した。おまえが間諜になるのは無理だ。信頼を一つ勝ち取れたな」

皮肉げなジークフリートの言葉に、ミレーヌはしまった……と自己嫌悪に陥り、自分の頭をぽかぽか叩いた。

「もうっ……自分がイヤ。ばかばかばかばか」

やや呆れたようにしているジークフリートだったが、ため息を一つ落とし、それからミレーヌの手首をぐっと引き寄せてやめさせた。

「協力してやれなくもない」

「え？」

「おまえが、ここに滞在することを約束するなら、だ。秘密を知っている者は他にいるか？」

ミレーヌは首を横に振る。

フェンリヌ王国の者しか知らない事実だ。洗礼を受け、そして使命をもって飛び立ったのだから。

「俺を味方にすればいい。それがなによりの力になる」

ジークフリートの力強い言葉に、ミレーヌは狼狽する。

「……あなたが裏切ることがあるかもしれない」

彼の様子を窺うべく、ミレーヌはそう言ったが、彼はあっさりと否定した。

「それはない」

「……どうして断言できるのよ」

「おまえを気に入ってる。わざわざ自分から姿を見せようとする……そういうところが面白い。舞踏会での令嬢たちとの一幕も……初めて抱いたときのおまえの様子も……今も……いちいちおまえの行動から目が離せない」

ミレーヌはかぁっと苺のように真っ赤な顔をする。こんな密着した状態で、愛の告白じみたことを聞かされたら、どうしたらいいかわからなくなる。彼は無意識にさらっと言ってのけるのだからタチが悪い。免疫のないミレーヌは戸惑うばかりだ。

「あ、あなたも私のことドジだって言いたいのね。わかってるけど……！　でも！　い い？　これでも少しぐらい役立つ能力があるわ。たとえば……え——と、枯れかけたお花を蘇えらせたり、そう！　それから花の蜜や果物の実を集めて、美味しいジャムを作ったり……とか！　お菓子作りね」

ふふんと得意げに語るミレーヌを、ジークフリートは飽きもせず眺めている。

「お手並み拝見したいところだが……この体勢のままでよく語られるものだな」

くっと喉の奥にためこむような笑い。

この体勢……そういえば、ジークフリートを押し倒して裸のまま密着しているのだった。

ミレーヌはハッとして離れようとした。だが、彼の手が手首を摑んできて、放してくれなかった。

「まあ、ドジというのも、それがおまえの愛嬌というものじゃないか」

ジークフリートはそう言い、くちづけをねだる。愛嬌だなんて、初めて言われた言葉だ。

手首を摑んでいた手が離れ、まろやかな胸の膨らみを包み込み、薄桃色の果実をきゅっと摘まむ。

「ン、……」

彼のもう片方の手がミレーヌの臀部を擦り、内腿を辿りながら、目的の場所へと這わされていく。彼の長い指先は甘い蜜の溢れる場所へと進んで……慈しむように、つうっと花芯をなぞった。

「だ、だめっ」

内腿をぎゅっと閉じて、ミレーヌは暴れた。

すると彼は前屈みになり、乳房を持ち上げて尖った尖端に吸いついた。

「やぁ、っ……ン、……だ、めっ……」

「その顔も気に入ってる。もっと見せてほしい」

ジークフリートの甘い声が、鼓膜に滑り込んでくる。狡猾な狼のような視線を送りながら触れる唇は丁寧で、ますますミレーヌを翻弄する。

「……やめ、てっ……」

濡れた舌が丁寧に這わされ、熱い吐息が落ちる。身体が火照り、腰の奥がじんと甘重く痺れる。

だめ、いや、やめて……と繰り返し抗っていた言葉は、だんだんと説得力がなくなり、甘えてねだるかのように鼻から漏れていくばかり。彼の肩に置いた手首ががくがくと震える。

「今、おまえが望んでいることとは別だ……」

そう言い、ジークフリートはミレーヌの小さな臀部を撫で、やわらかな内腿の感触を味わうように、濡れた秘所の方へと手を這わせていく。

浅い茂みをかきわける指先を感じて、慌てて内腿をぎゅうっと閉じようとしたが、既に遅かった。

ジークフリートの長い指先が、ミレーヌの秘めた熱の在《あ》り処《か》を暴く。硬く隆起した粒をそろりと指の腹で探りあて、蕩けるほどに潤んだ淫唇を、上下にくちゅりとなぞったのだ。

瞬間、ビクビクンと激しい震えが走った。

「ひゃ、あんっ……だめ、だったら……！」

指の動きはなめらかになり、花びらにねっとりと蜜を広げていき、震える花芯をくりくりと捏ねまわした。

「やっ……そこ、やぁっ……」

小刻みに絶頂に飛びそうな意識から逃れながら、ミレーヌは腰を揺らす。そのたびにジークフリートの指の腹が淫唇を割って、ぬぷっと沈んでいく。

「随分と感じやすくなったな。調教した甲斐があったか」

「や、んん、……」

奥にはいかない浅いところでぬちゅぬちゅと指の腹で弄られると、中がねっとりと蠢き、臀部がびくびくと震えた。

「……おまえが夜這いをしかけてきたのだろう。その責任は……じっくりととってもらわなくてはな」

そう言い、ジークフリートは体勢を入れ替え、ミレーヌを組み敷く。彼の均整のとれた身体が迫ってきて、ミレーヌは真っ赤な顔で許しを請う。しかし既に、筋骨隆々の肩や、割れた腹筋が、ミレーヌを取り囲んでいた。

「……ん、ごめん、……なさ、っ……そんなつもりじゃ……」

「どんなつもりだ？　俺をその気にさせておきながら、逃げられると思うな」

ジークフリートはミレーヌの脚を二つに開かせて顔を近づけ、濡れそぼった花びらにぬくりと舌を捻じ込む。そして赤々と主張している花芯をちゅうっと吸い上げた。

「……ああっ……！」

生温かい粘膜に包まれ、脳が甘く蕩けて、目の前が真っ白になる。逃れる隙さえ与えない口淫に、ミレーヌの中から熱い蜜が滴る。

陰唇にぬるりと入ってきた舌が巧みに輪郭を辿り、溢れてくる蜜を啜る。丹念に舐りながら指を奥へと挿入し、蜜をかきだすように抽挿しはじめた。

さらに硬い実をちゅうっと吸い上げられた瞬間、甘い愉悦がどっと押し寄せてきて、ビクンビクンと胴震いが走った。

「あっぅ、……そこ、吸っちゃ……だめ、……っ」

必死に仰け反って逃れようとするが、指に内襞をこねまわされ、動くたびに気持ちのいいところに当たってしまう。

「だいぶほぐれてる。慣れてきたんだろう。ここがいいのか？　その顔を見せて、素直に教えろ」

ジークフリートは問いかけながら、硬い粒を別の指の腹で転がす。

「んんっ……だめ、ったら……」

意識を逸らされている隙に、彼の指がヌプヌプと隘路を割って何度も入ってくる。絶妙な角度をつけながら抉られ、ゆっくりと掘削するような抜き差しをされると、涙が溢れてしまいそうなほど感じてしまう。

「ひっあっ……」

「……あんまり声を出すなよ。人払いをしていない……兵がすぐそこにいるんだ。へんな声を出せば、また突入されるぞ」

くすくすと笑う声がにくたらしい。

「ん、じゃあ、もう、やめて……っ」

「……おまえがしかけてきたんだろう」

ジークフリートの指が濡れているのが見える。それが自分のせいだというのがありありと伝わって、恥ずかしくてたまらなかった。

中の襞をかきわけるように指の腹で擦られ、指を二本に増やして気持ちのいい壺を抉られ、次々に与えられる愉悦のせいで、もう何も考えられなくなってきていた。

「んん、指……うごかさない、で」

「おまえの中はそう言ってない」

ジークフリートはいったん指をぬるりと抜き、蜜に濡れた指先を舐めとりながらミレーヌを見下ろす。その妖艶な姿にゾクっとする。

あまつさえ抜き取られた瞬間から、中が物足りなさで疼いている。そしてまた中にゆっくりと指が挿入された瞬間、思わず白い喉を反らした。

「ん、ふ、……あ、あっ……あっ！」

わざと焦らした動きのせいで、甘いざわめきが沸き起こったのだ。

さっき以上になめらかな指の抽挿は、別の指と共に敏感なところを的確に責めながら、いやらしく蜜の音を立てる。抜き差しのたびに彼の指を締めつけ、着実に忘我の彼方へと導かれていく予感がした。

もう声など抑えていられなかった。

「あん、あっ……だめ、私っ……どこか、いっちゃうっ……」

あの感覚だ。上りつめる前の浮遊感、至福のひととき。これではまた彼に負けてしまう。かくかくと腰の力が抜け、ふくらはぎが攣りそうになる。必死にあがくつま先は宙をかくばかり。

「……ああ、そのまま、俺のところにくればいい」

つっぱねたいのにジークフリートはこういうところだけやさしいからずるい。

紅く膨れ上がった粒を舌先で突き、丁寧に吸い上げ、指の角度を変えて挿入を深めてくる。甘い波がじわじわと押し上がってきて、ミレーヌの最後の理性をさらおうとする。

がくがくと腰が揺れ、つま先が宙を蹴る。臀部に濡れるほど蜜が滴り、ジークフリートの熱い吐息がかかる感触にすら感じてしまう。

「はぁ……ん、あっ……あぁ、っ」

狭かった隘路がほぐれ、ジークフリートは中を指の腹で捏ねまわし、さっきから痙攣を繰り返している花芯の包皮をめくるように紅玉を吸い上げてくる。

刹那、ざっと愉悦が駆け上がり、何も考えられなくなった。粗相をしてしまったかもしれないと思うほどビュクっと蜜が迸り、それを飲み干すように喉を動かすジークフリートの妖艶な表情がちかちかと視界に広がり、真っ白に染められていく。

「――あ、あああ、っ……っ……！」

激しく達してしまった直後も、なだめるように彼は濡れた襞をやさしく愛撫した。まるで底なしの快楽を追い求めるかのように中がうねり、瞼の裏に光の奔流が走る。

どれほど絶頂を迎えようとも、身体は容易く微熱を灯し、甘い遊戯に翻弄される。それは快楽の萌芽だった。

抱き起こされて、ジークフリートの膝の上に座らされるかとおもいきや、彼の猛った肉棒が、熟れたミレーヌの入口にあてがわれ、腰をがっしりと摑まれてずんっと貫かれた。

「あ、あっ！」

ぶるんっと乳房がはねあがる。

「……まだ、そんなつもりじゃなかった、というつもりか？」

甘い低音で囁いて、下から突き上げてくる。ミレーヌは必然的に彼の肩に摑まり、腰を振るしかなくなってしまう。

「あ、んんっ……あなたの、せい……なんだから」

「俺をその気にさせるのがわるい……」

責めるようなセリフを言うのに、奪ってくる唇はやさしく、逞しい腕を搦めながら突き上げてくる情熱は深い。

ミレーヌは前後に腰を揺らしながら、彼の腕の中で上下に何度も跳ねた。

「ん、ん、はぁ……どうして、なの……ジークフリート、様っ……」

……どうして自由を奪って、どうして私をこんなふうに可愛がるの。

(鳥籠から出ていけなくするため？　もしそうならひどいわ)

もっともっとねだりたくなる欲求を必死に抑えつけながら、ミレーヌはジークフリートから与えられる甘美な愛戯に溺れた。

第五章　幸せの青い鳥

ジークフリートのせいで身体が重たい。眠ったはずなのに疲労感がとれない。そればかりかまだ微熱がくすぶっているように痺れている。

朝を迎えても身体は元に戻らなかった。当然だ。拷問のような愛撫をつづけられ、彼に散々求められたけれど、ミレーヌの方が途中で絶頂にいってしまい……最後は中に吐精されなかったのだ。

皮肉にもきちんと交わることに意味があるのだということをはっきりと思い知らされるだけだった。

沸々とわいてくる煩悩を振り払うようにミレーヌはベッドから降りて窓辺に立ち朝陽を浴びようとした（したい）——のだが、熱い体温が絡みついて離れない。

（……放して、ほしいのに）

さらさらの金髪が肌をくすぐる。長い睫毛が伏せられた目元は麗しく、高い鼻梁も、薄く象《かたど》られた男らしい唇も、ずっと見ていたいほど綺麗だ。

ジークフリートの逞しい腕に抱きすくめられると、自然と彼の筋肉質な厚い胸板に頬を埋める他なくなり、規則正しい心音に耳を傾けながら、ミレーヌは自分の鼓動がどんどん速まっていくのを感じる。

どうしていいかわからずに戸惑っていると、ジークフリートの腕が緩められ、彼の瞼がゆっくりと開かれる。

そして目があった瞬間、ドキンと鼓動が跳ねた。

「ああ、やはり戻らなかったな」

ジークフリートの「やはり」と強められた言葉に、ミレーヌは落胆する。彼は少しずつ実験しているのだ。端から逃す気などない。それなのにすっかり騙されて……絆されて……身体を、心までを許してしまっている自分が情けない。

「ひどいのね」

むうっと膨れた顔をするミレーヌを見て、ジークフリートは邪気のない笑みを向けた。

「ひどい……か。生殺しにされたのはどちらだと思っているんだ。本当なら最後までおまえを抱きたかった。だがおまえがぐったりしているから、やめたんだ」

そう言い、ジークフリートが頬にくちづけてくる。

「おまえがかわいくて我慢したことを……誠実だと思ってもらいたいな」

生殺し……の意味を理解しようとも、誠実といわれるとなにかが違う。散々弄《もてあそ》んだのは誰だと思っているのだろう。

「……誠実ですって？　よく言うわ」

かわいい、なんて言葉でごまかそうとしているのだから。

「続けてもよかったなら、もっとあれ以上に激しくおまえを求め、いやというほど啼《な》かせて、今度こそ孕むまで中にたっぷり注ぎ込んでいた。そうされたかったとでも？　ああ、それで不機嫌なのか」

「ちが、そんなこと言ってないわ」

「まずは身支度を済ませて、食事に向かおう。甘い蜜ばかりではなく、肉も食らわねば体力ももつまい」

意地悪っぽくそう言い、ジークフリートは身体を起こす。

むうっと顔を赤らめるミレーヌなど軽々と抱き上げ、すぐ傍にぽすんと下ろした。まるで彼の愛玩《あいがん》物になったような自分がせつなくなる。

ミレーヌは露わになった自分の胸を隠しながら、彼の麗容な姿に目を奪われた。

何も身につけていないジークフリートの裸体に目を伏せなくてはという衝動に駆られるが、陽の光を浴びた彼の体軀は、流麗な筋肉の筋がはっきりと浮かび上がり、それは芸術品のように美しく、惚れぼれしてしまうのだ。

それだけで済まない衝動が沸き起こる。身体の奥底に疼く熱が波を打った。

彼に激しく抱かれたい、という願いが湧き上がり、必死に理性で打ち消す。

（私、どうしちゃったの……これじゃあ、……この人のことを責められないじゃない……）


二人はとくに会話を交わすこともなく食事を事務的に終えて、その後、ジークフリートに誘われるまま、庭園を望める東屋《ガゼボ》に身を寄せた。

風がそよそよと頬を撫でる、その清涼感は思わず目を瞑って感じていたくなるほど。

「こんなに穏やかな午後は久しぶりだ」

すっかり寛いでいるジークフリートに対して、ミレーヌの胸はずっとざわついている。

目の前には菓子職人が作ったタルトが銀のトレイに並べられ、朝摘みの苺やオレンジがボウルに数えきれないほど積んであった。

その原因はミレーヌの失言だ。

『あなたも私のことドジだって言いたいのね。わかってるけど……！　でもこれでも少しぐらい役立つ能力があるわ。たとえば、枯れかけたお花を蘇えらせたり、花の蜜や果物の実を集めて、美味しいジャムを作ったり……とか！　お菓子作りね』

――というわけで、豪語したとおりに枯れかけた花を蘇えらせるように魔法をかけ、花の蜜を加えたフルーツジャムを作り（作らされ？）、一緒に（仲良く？）タルトを食べていたのだった。

幸い、人間の姿に戻っても、小さな魔法はかけられるらしいということがわかった。ハーブを使って調合するのが得意だったが、稀に眠り薬と惚れ薬を間違えることもある。余計なドジはこれ以上避けたいので、花の蜜を扱うだけに留めた。

「オレンジと蜂蜜の組み合わせがいいようだな」

暢気《のんき》にジークフリートは言いながら、オレンジジャムのタルトを口にする。

色合いが似ているからか、オレンジジャムにとろりとした蜂蜜をのせると、艶々として見るからに美味しそうに見える。

「私はやっぱり苺が好き。ブルーベリーも混ぜると美味しいのよ」

ジークフリートはタルトを頬張り、半分に欠けたものをミレーヌに差しだす。

「え、私、もうお腹いっぱい――」

……というか胸がいっぱい。

モグ……と半ば強引に食べさせられて、ミレーヌは無言のまま食べるしかなくなってしまう。その上、唇についてしまったジャムを拭ってくれ、ジークフリートは微笑む。

初めて見る表情に、胸の奥がトクンと弾けた。魔法で作った炭酸水がじわじわと喉の奥に広がっていくような気分だ。

「オレンジもいいだろう？」

ミレーヌはどう反応していいかわからなくなり、こくこくと頷いてみせるだけ。

(なんていうか……まるで恋人同士みたいで……)

「紅茶は……空か」

ジークフリートの声を聞いた給仕係のメイドが慌てて入ってくる。

「も、申し訳ありません。お邪魔……してしまいそうで……」

二人を窺うようにメイドは言う。

その言葉に、ミレーヌは苺に負けないぐらい顔を真っ赤にする。伝染したようにメイドも頬をほんのり朱に染めていた。

どうやら入ってこられないほど甘い雰囲気になっていたらしい。おかげでミレーヌはジークフリートの顔が見られない。

彼はというと、少しもうろたえることなく、あたたかい紅茶を嗜《たしな》み、優雅に空を仰いでいるのだから、さすがだ。

なんだか悔しい。けれど、実は嬉しい。彼が特別に接してくれていることが、いつのまにかごく自然なものになっていることが。

ずっとこんなふうにしていられたら……と考えて、ミレーヌはハッとする。

(なに考えてるの……売り言葉に買い言葉……それを実行しただけなのに)

「そろそろ行かねばならないな。おまえとのんびり寛ぐ時間が惜しいが」

そう言い、ジークフリートはミレーヌを見つめる。

そっと手を伸ばして、頬を引き寄せられ、ドキドキと急に心臓の音が速まっていく。

これは、もしかして、あの雰囲気？

思わずミレーヌはぎゅうっと瞼を閉じようとしたのだが、目尻を指でなぞられ、阻まれてしまった。

真っ赤な顔をしたまま、ミレーヌはジークフリートを見つめる。

「見事だった。ドジにもとりえがあったな」

ふっと笑みを残し、ジークフリートは頬に軽くキスを落とした。

「そ、そうよ。言ったでしょう？　喜んでもらえてよかったわ」

ミレーヌはドキドキしている気持ちを見透かされてしまわぬよう、早口でまくし立てた。

「明日からも頼む。来客用の菓子作りをしてもらおう」

「えっ　私が？」

思いがけない命令にミレーヌは瞳をぱちくりする。

「おまえの周りにいる人間たちの信用を摑むためにもなる。悪くはないだろう。宮殿内の者たちに配り、来客をもてなせば、おまえの株があがるというものだ」

「そういう……こと」

嬉しかった……気持ちが、ほんの少しだけしぼんでしまう。

ジークフリートはいつでもこうして裏のことを考える。

たしかに彼に言われたとおりに、自分のとりえを披露したのだけれど、彼が美味しいと言ってくれたことが嬉しかったから、ショックだった。

「なぜそんな顔をする？」

「……あなたは純粋に喜んだり、自分のために何かをしたいと思ったりしたことは、ないの？」

ジークフリートは面食らった顔をしたあと、ああ、とバツの悪い顔をした。

「おまえを褒めたつもりだったんだが、言葉が悪かったようだ。ここにいる間、おまえが居心地よくいられるように、考えてみたんだがな」

ほんの少し戸惑うジークフリートの横顔を見て、ハッとして、胸がきゅっと締めつけられた。

それを聞いて、ミレーヌは自分こそわかっていなかったのだと反省した。

偉そうなところはあるけれど、彼なりに心配して気にかけてくれていたのだ。

「……ごめんなさい。かんちがいをしてしまって……」

今度ばかりは素直に謝った。

そう、ミレーヌの方こそ色々裏を考えてしまいすぎた。

互いに目があって、なんとなくくすぐったくなる。ジークフリートが手を差しだしてきた。ミレーヌは一瞬迷うが、心を開いてくれた彼を無下にしたくなくて、その手をそっと握った。

ジークフリートの熱い手に触れて、ミレーヌは胸の鼓動が速まるのを感じた。儀式のためではなく、彼に心から愛されたならどんなに幸せだろうか――そんなことを考えてしまっていた。

二人で午後のひとときを過ごすようになってから、それからもごく自然にジークフリートの誘いに応じるようになり、気付けば日課になっていた。

花嫁修業と称してやることが山積みで、必死についていっている間にいつのまにか七日ぐらい夜を越している。

ある日、休息をもらったミレーヌは、部屋にこもって、ため息ばかりを零していた。ジークフリートは午後から視察に出立していて不在だ。日課となっていたお茶の時間も一緒に過ごしていない。

ベッドに身を投じて、それから広すぎる部屋を見渡し、窓辺の方に視線をやる。なにもなければないで時間を持て余してしまう。

相変わらずフェンリヌ王国からのミレーヌへの便りは来ていない。ミレーヌが捕まったまま戻らないと知ったら、ここへ来るまで三日……そろそろなんらかの動きがあってもよさそうなものなのだが。

焦りと苛立ちと不安と、色々な感情がぐるぐると渦巻いている。

「……こんなことをしている場合じゃないわ。ひと月の間に、フェンリヌの森に侵入されてしまうかもしれないもの。いい加減に連絡を入れなくちゃ。でも、一体どうやって？」

人間の姿に戻ったミレーヌがここから出ることはできないし、伝達係がいない限り、フエンリヌの森に連絡を入れることなどできない。

ここから離れる……と考えたとき、まっさきにジークフリートの笑顔が浮かんで、針でちくちくと縫われるように胸が痛んだ。

本来の使命を忘れたわけじゃない。たとえ正であろうと誤であろうと、祖国に帰らなくてはならないのだ。

けれど、ジークフリートの笑顔が見たいと思ってしまっている。もっと傍で彼のことが知りたいと思う。ぽたりと胸の中に落ちてきたささやかな願いがインクが滲んでいくかのように、どんどん色を濃くして広がっていく。

もう今さら消すことができないぐらいまで、大きく痕を残してしまった。

(仕方ないじゃない。もともとは……使命のためにきたんだもの)

ミレーヌは自分に言い聞かせる。

「……デモ、ハナレタクナイワ、ジーク……」

その声にドキッとして、ミレーヌは鳥籠の方を振り返った。

件のミレーヌが惚れ薬を飲ませてしまった鸚鵡《オウム》であり、城に一緒に舞い降りてきた、いわば相棒である。

鸚鵡はお喋りで、色々余計なことを口走るのがネックであった。

ミレーヌに向かって声をかけてきた……というより、揶揄するように喋るのだ。ただ真似するだけじゃないのだから賢い鳥なのだろう。

「オシタイシテイマス」「スキデス」「チュッチュ」

鸚鵡なりに励ましているつもりなのか、そう言えとでも言いたげに繰り返す。

「だぁぁ、うるさぁい！　よけいなお世話なの！」

腕を組んでムスっとしているミレーヌの傍で鸚鵡はしれっとした顔だ。

「あのね、簡単に言わないで。だって、私が好きだと言ったって……ジークは迷惑なだけだわ。本当の人間じゃないんだもの。あなたが青い鳥だったらよかったのにね、ざんねん」

はぁ、と重苦しいため息がこぼれる。

「ジーク、スキ、ジークフリートサマ、スキ」

熱のこもった声を真似るかのように連呼する鸚鵡に、ぎょっとする。

これでは誰かに聞かれてしまったら大変だ。

思わずミレーヌは鳥籠をガチャガチャと抉《こ》じ開けて、鸚鵡をがしっと両手で捕まえた。

「ちょっと黙りなさいよ。しーっ静かにして……って、いたぁっ」

ガブっと嘴で噛まれ、ミレーヌは手を離してしまう。自由になったのをいいことに、鸚鵡は胸を張ってさらにおしゃべりをつづけた。

「ワタシスキ、ジークハメイワク？」

内容が恥ずかしいのは当然のことながら、この鸚鵡、とにかく声が大きすぎる。表情は目をぱちくりするだけでちっとも変わらないのに、声だけは妙に可愛らしいから憎たらしい。

「ジーク、スキヨ、メイワク？」

「わわわ、お願いよっ……もう静かにしてってば！」

（迷惑なのは、あなただってば！）

どうやったらこのお喋りな嘴を捕まえられるか。なにかしようものならまたガブっと手を噛まれそうだし。

「スキ、ジーク、アナタガ、スキナノ……」

ここまでいくとわざと喋っているように思えてくる。

（もしかして惚れ薬を飲ませた仕返しかしら？　あれはわざとじゃないのに。それとも、私だけ逃げだそうとしたから恨んでいるとか!?　借りは返すって言ったのに！）

「スキスキ、チュッチュ」

ばさばさと羽ばたきしながら繰り返す鸚鵡に、だんだんと苛々が募ってきて、ついには爆発した。

「んも――――！　いい加減に黙って！　じっとしていなさいよ！」

やっと捕まえることができ、ミレーヌは鳥籠に入れた両手の中にむりやり閉じ込める。

「ヤメテ、ヤメテ」

報復に籠の中から引っ張られ、せっかく綺麗に整えてあった髪がぐちゃぐちゃだ。

「それはこっちのセリフよ！　髪引っ張らないで！　勝手にしゃべらないで！」

「ダッテ、ジークガ……スキ、スキナノ」

思い詰めた声。鸚鵡のくせになんて演技力なのだろう。否、鸚鵡だからか。とにかく腹が立って仕方なかった。

「スキじゃないったら！」

「――なにをしてる」

急にかっこつけたような声になり、ミレーヌはますます苛立った。

「なにをしてるじゃないわよ！　あんたを捕まえるの」

「随分と賑やかなことだ。そいつは正直な鸚鵡のようだな」

――え？

ギクっと肩が竦む。

鸚鵡の声じゃない!?

としたらこの声は……。

ドックンドックンと心臓が不穏な音を立てる。

おそるおそる振り返ると、いつのまにか傍までやってきていたジークフリートが勝ち誇ったようないやな笑みを浮かべていた。

(今の、聞かれていたっ……!?)

間接的な告白を聞かれた恥ずかしさで、くらくらと眩暈がする。

「か、勘違いしないで。さっきのは、この鸚鵡が勝手にしゃべっただけで、私には関係ないんだから。そう、関係ないわ」

ぼふんとソファに座ってフイっとそっぽを向くミレーヌの傍にジークフリートが腰を下ろし、端整な顔を近づけてくる。

「なら、誰の真似をしているんだ？　鸚鵡は自発的に声を発しない。独特の啼き声以外には」

彼の怜悧さを表す碧い瞳にじいっと見つめられ、ミレーヌはうっと言葉を詰まらせる。まるで少年が初めて発見したものを好奇心たっぷりに見守っているといった様子だ。疑いを晴らすために視線を逸らさないように頑張ってみるものの、後ろめたさからゆらゆらと揺れてしまう。

「……そ、それは。えーっと……舞踏会に出席なさっていた伯爵令嬢のエレノア様とか、公爵夫人とか、……」

苦し紛れに、鸚鵡の声音に似た女性を頭の中で探り、適当に名を告げる。が、しかしジークフリートには通用しないらしかった。

「わかった。声の判別してやるから、さっきの言葉を言ってみろ」

そう言い、腕を組んで待っているではないか。

「言っておくが、鸚鵡は外に連れだしてないぞ。接点があるはずもないのだから、おかしいな」

「うっ……」

「鸚鵡は声の主に反応する。おまえの声の雰囲気にそっくりのような気がするんだが？」

ジークフリートにかかれば、理路整然と語られ、ミレーヌの方が気圧《けお》されてしまうのが常だった。

「だ……だから、勘違いですってば」

(さっきの言葉を？　冗談でしょう？　鸚鵡がなんて言っていたと思うの……)

ジーク、スキ。

好き？

ぼうっと顔が赤くなる。

ソファの背面に置かれた彼の手と、すぐ目の前にある彼の顔と、ミレーヌは逃れられない状況で、自分から身体を引くことぐらいしかできない。少しでも気を抜いたら押し倒されてしまいそうだ。

頑として動こうとしない彼に、ミレーヌはたじろぐ。

「言ってみろよ。もしも……おまえの仕業とわかったら、どうしてくれようか」

甘い誘惑めいた尋問に、胸の鼓動が速まる。

彼の澄んだ瞳に絆されて、唇を開いてしまいそうになる。

「………っ」

ミレーヌは耐えられなくなって俯いた。

鸚鵡の言っていた言葉通りに、あなたが好きだと素直に照れずに言えたなら、彼は一体どうするつもりだろう。

きっと唇を奪って、息もできぬほどくちづけて、やさしく髪を撫でてくれるのだろう。想像するだけで心臓の音がさらに駆け足になり、苦しくなってくる。

(私……やっぱりこの人のことが……好きになってしまったんだわ)

頬にほんのり灯った熱が、耳まであがってくる。どうしてだろう。そんなつもりなんてなかったのに。

抗っても胸の鼓動は正直に速まっていく。

(でも、私は……ここにいて……いい存在ではないのよ)

そう心の中で問いかけて、次には落胆する。

完全な人間じゃない。彼はいわば親鳥でミレーヌは雛鳥のようなもの。くちづけをすれば人間になり、身体を交わらせることで妖精に戻る。そういった儀式的なものでしか成り立たない関係なのだ。彼はラインザー帝国の皇帝陛下。彼に相応《ふさわ》しい女性がきっといる。

自分は鸚鵡と同じように飼われた鳥同然なのだ。

永遠に彼のものでいられるわけではない。使命を忘れてはならない。

「ミレーヌ、おまえが言わないなら、俺が大事なことを先に言おう」

「……大事なこと?」

「ああ」

ジークフリートの言葉に、ミレーヌはそろりと顔をあげる。ほんの少しだけ距離が開いていた。彼は体勢を直し、ミレーヌの腰をぐいっと抱き起こした。

「ひどい髪型だ。流行なのか？」

ふっと綻ぶようなジークフリートの笑みに、ミレーヌはかぁっと頬を染める。

「これは、鸚鵡が……そんなことより、大事なことって何なの？　早く言って。まさかフェンリヌ王国になにかが？」

ジークフリートは首を振る。そしてきっぱりと宣言した。

「おまえを俺の婚約者だと正式に発表する」

「――え？」

また冗談でからかおうとしているのだろう、とジークフリートの様子を窺う。だが、彼は少しも表情を崩すことはなかった。しかし彼の瞳には変化があった。野望のような光が宿っているように見える。

「……どういうこと？　何を考えているの？」

「順に説明する。まず、悪い知らせからだ。フェンリヌの森にシュバルト王国の師団が入ったらしい」

「そんな……これまで……森の中には入ってこなかったのに」

国境に人影が見えたという報告はあったが、森の中に踏み込んできてはいなかった。いよいよ覚悟をしなくてはならないとローレンツは言っていたが、こんな短期間で進展があるとは。

モンタルクがシュバルト王国側に完全についたということなのか。

「目先の欲に我慢が利かなくなったのだろう。それほど、今のピエレーネ鉱山には魅力がある。モンタルクは既にシュバルト側の手に落ちかかっている。ピエレーネ鉱山を共有するために条約をとりつける気だ。我が帝国の治安下に置いている強欲な王たちがモンタルクの裏切りを黙っていられるはずがない」

「戦争が――」

言いかけて、言葉を飲み込む。

足元から冷えていくような気分だった。

「いや。その前に、我が帝国の支配力が低下し、孤立する。強欲な王たちにより、資源が枯渇するようなことが起こりうるだろう。考えてほしい。朽ち果てていく大地、食いつぶされていく国庫、その苦慮を受けるのは、誰か――」

「……国民ね」

ミレーヌは低い声でぽつりと呟いた。

得るものがあれば犠牲になるものがある。国の上に立つものは貴族と板挟みになりながら、民の生活を守らなければならない使命がある。どちらを優先しすぎてもいい方向にはいかない。それも強欲な王たちは自分たちを優先した考えを改めようとしないというのだから性質が悪い。

「我が帝国の力が及ばなくなったところで、シュバルト王国はさらなる侵略をはじめる。気付いたときには既に手遅れだ」

ミレーヌの脳裏に昔父国王から聞いた戦争の惨事が広がっていく。絶対に起こってはならないことだ。

「それを阻止するためには……どうしたら……フェンリヌが潰されてしまうのなんて、ぜったいにだめよ……私たちは封印されてしまった。それを解かなくては……」

使命の責任感を改めて振り返り、ミレーヌは焦りを感じた。

「そこで、今こそおまえの力が必要なんだ、ミレーヌ」

「私の力が？」

「ああ」

ジークフリートの意図することを一から整理する。大陸の情勢が重要な局面を迎えていることはわかった。それで妃候補として正式に発表するということは——。

「先にこちらから駒を進める。亡国の王女が生存していたと知らせよう。それだけで十分に相手を動揺させる理由になる。さらに我々の婚約を正式に発表して、実は相手が王女だと知れば、そこで動かぬ協定が結ばれたことだとわかるだろう。シュバルトは、フェンリヌを手に入れられないモンタルクを切りたがるだろう。そのことを裏でモンタルクに話をつけ、こちら側にモンタルクを引き戻す」

「でも、嘘だとわかったら、大変なことになるわ。それまで私は……ここにいなくてはならないということ？」

「必要な期間はあるだろう」

彼の言うことは理解できた。もちろんフェンリヌのためなら是が非でも協力したい。と同時にミレーヌは落胆している自分にも気付いてしまった。

彼がなにより欲しているのは亡国の王女という立場であって、ミレーヌ本人ではない。それを知ってひどく傷ついていることに――。

今までならば、王女であるミレーヌの存在を認めてほしい一心だったはずなのに。


シュバルト王国の使節団の滞在に向けて、ミレーヌはジークフリートの婚約者として、堂々と対面できるようにレッスンを受けることになった。その場を凌ぐためにも、見破られてしまわないためにも。

まだこの時点ではフェンリヌ王国の王女であることは外には通知していない。シュバルト王国の使節団がやってきてからだ。

臣下たちにはジークフリートの口からミレーヌが亡国の王女であることを知らされた。皆が驚き、動揺していた。なぜなら、ついこの間まで、モンタルク王国の王女を最有力候補として迎え入れていたのだから。

ドレスから宝飾品にかけて、すべて一流品を揃えられた。念には念を入れ、見た目や雰囲気だけではなく、ラインザー帝国の歴史を学んだ。

おかげでミレーヌは、ジークフリートから聞いた話と、フェンリヌにいたときの情報、ここへ来てからの情報を整理することができた。

ラインザー帝国は大陸を支配すべく侵略を続けている。それは恐れるものであり、悪しきものだという印象が与えられていたが、実際はそうではなかった。

（シュバルト側は、一体、どんな顔で、敵地に乗り込んでくるつもりなのかしら……）

ミレーヌはレッスンの間も沸々と込み上がってくる苛立ちを隠しきれなかった。

花嫁探しを行うと通知して開かれた舞踏会では、モンタルクの王女が婚約の話を白紙にしたいと言いだし、今度はシュバルト王国の使節団が遊行のためとは名ばかりの敵情視察にやってくるという。あまりにもわかりやすすぎる行動に、苛立ちを通り越し、呆れてしまったのだ。

考えてみたら、賢才と呼ばれる皇帝ジークフリートが、諸国の疑わしき動きに気付かないわけがない。階前万里というものだ。それをわかっているのだろうか。

（……ていうか、なんで私が、ジークフリート様の味方をしてるの……）

これまで宮殿内でミレーヌの存在は、あくまでも妃候補の一人として部屋を与えられていたにすぎないが、本格的に妃に迎え入れると内々に告知されたことで、内部も準備で慌ただしい。

『念の為、内部の人間にも目を光らせている。心配ごとがあればすぐに使者を出してくれ。これから俺は王太子に連絡をとりつけるつもりだ』

ジークフリートはそう言い残し、護衛を伴ってフェンリヌの森に向かった。事前に伝書鳩に手紙を括り付け、使者として送っていたらしい。思惑通りに進んでいるなら、今頃ローレンツはその文面を読んでいることだろう。

対外だけでなく内部も疑ってかからなくてはならないなんて……。

ジークフリートにはたった一人でもいい、絶対的に信頼できるといえる人間がいるのだろうか。砂のように零れていくものしか見られていないのだろうか。

（私なら……）

と考えて、ミレーヌはハッとした。

（結局、私だって同じだわ。政治を動かすための駒にすぎない）

今さら、気付いてしまった。

おまえを気に入っている、という言葉は……うまくとりいるための媚文句だったかもしれない。

彼の口から一言、好きだと、一度として言われたことなどないのだから。

第六章　波乱そして……ほんとのきもち

「ようこそ、おいでくださいました」

儀礼的な挨拶のあと、品のある笑顔と愛嬌を忘れない態度を——それだけを意識して……シュバルト王国からやってきた公爵夫人らを囲んでのお茶会など、ミレーヌはとにかく公式の行事から交流会のおもてなしにいそしんだ。

ジークフリートが考えてくれたお菓子作りが好きなのだというアピールもうまくきいているらしい。女性同士の話に花が咲く。

「まあ、可愛らしいご趣味ね……苺のパイは初めて。とってもおいしいわ。第一候補のミレーヌ様にお会いできて本当に嬉しいですわ」

「あら、正式にご婚約をされたのでしょう？」

「え、ええ……」

なにか特別な話題を振る必要はとくになく、おしゃべりな婦人たちやレディが、ジークフリートとの馴れ初めを聞いてくるので、ミレーヌは質問に答えるだけだったのだが、それもまた気を遣う時間だった。

今さらだけれど、第一候補というからには他にもたくさん候補がいたということだ。モンタルク王国の王女との婚約が内々定していたときも、誰かがいたということだろうか。

あの瞳で見つめて、あの唇でくちづけ、あの指先で触れた人が……。

(……やきもち焼いてるわけじゃないわ。ただ気になるだけよ)

ミレーヌは心の中で言い聞かせる。

「ひとめぼれ……なんてロマンチックね」

「きっと運命に導かれて出逢ったのよ」

「羨ましいわ。陛下はミレーヌ様のどんなところにお惹かれになったのかしら？」

興味津々な視線がずらりとミレーヌを取り囲む。

「それは……」

もごもごと言葉を濁しているうちに、話は流された。

「きっと全部ですわ。恋に理由は必要ありませんもの！」

一番年若い伯爵令嬢がきらきらと瞳を輝かせている。

口々にうっとりとして感想を言われるたび、ミレーヌの良心がちくちくと痛む。

(……ひとめぼれ……は間違いじゃないわよね。うーん、あれは事故だけど)

媚薬を塗った弓矢を携えていたミレーヌ。それは失敗に終わり、彼に捕獲されてすっかり気に入られ、そのまま妃候補へと……。

そして今。

亡国の王女が生存していた、それがミレーヌその人であると発表される時期を待っている。

（つまりは都合のいい女として扱われてるってことよね……大事なことだけど、私だってそのために忍び込んだわけだもの……）

表面上は笑顔を取り繕っているが、頭の中で整理するにつれ、どんどん気分が沈んでいってしまう。

それからも彼女たちにあわせるように答えては、自分の不甲斐なさに落ち込んだ。

二時間を過ぎる頃、お茶会はお開きとなり、とりあえずなんとか済ませられたことにホッと胸を撫で下ろす。

束の間の休息にひとりテラスに出て窓の外を見上げてみたところ、夕陽が落ちかけて、広間が茜色に染まっていく。反対側の方角には藍色の闇夜に浮かぶ琥珀色の月が見える。

綺麗な空だけれど、なにか明暗をわけるような暗示のようにも思えて、不吉だ。

（……前にもあんな色の空を見たことがあったわ。あれは……）

そう、あれはたしかフェンリヌ王国の者たちがこの世から抹消された――。

ミレーヌはぶるっと身震いし、必死に脳内に浮かんだ残像を打ち消した。

それにしてもジークフリートの帰りが遅い。

彼はまた視察に出ているのだが、今日はシュバルト王国の使節団が来ているから、戻ってきてから合流して、実は……と発表する予定だった。これではミレーヌ一人のまま使節団のもてなしだけで終わってしまう。

あの不吉な空を見たあとから、どうも胸騒ぎがする。

ミレーヌは落ち着かない気持ちでジークフリートを待っていたのだが、予定時刻を過ぎても音沙汰がなかった。

「ねえ、ハンナ。まだ陛下は戻られないのかしら？」

ミレーヌは心配になり、侍女のハンナに問いかけた。

「もうまもなくだと思いますので、ミレーヌ様、少し休まれてはいかがでしょう？　ずっと接待ではお疲れになりますわ。先が長いのですから」

「ええ、そうね……」

とりあえず、ミレーヌが休まなければハンナも休むことができないのだろうから、と思い、部屋に連れてきてもらったが、元来じっとしていられる性分ではない。

それに、色々不穏なことを聞いたばかりで、ジークフリートのことが心配でならなかった。

せめて彼が帰ってくるときに一番に顔が見たい。

そう思ったミレーヌは馬車を迎え入れるアプローチ付近の庭園までこっそり出ていくことにした。

鬱蒼と生い茂っている薔薇の蔓を眺めながら、ミレーヌは故郷を恋しく思った。羽がない身体がもどかしい。今、妖精の姿なら飛んでいけるのに。

(今頃、皆はどうしているかしら。ジークフリート様から真実を?)

ため息をつきつつ、散歩していたところ、うしろに気配を感じとり、振り返ったところ、急に誰かの手に唇を塞がれ、ミレーヌは必死にもがいた。

まさかジークフリートが脅かそうとして? そう思ったが違った。

羽交い締めされ、背中をとられてしまったから、相手の顔が見えない。

(いやっ……!)

必死に振り返ろうとするが、呼吸が苦しくなり、やがてふっと意識を失った。


ずきりと重たい頭に痛みが走り、ミレーヌはゆっくりと瞼を開く。何か、荷台の上で揺れているような感覚がする。視界に霧がかっていて、頭がぼうっとする。やがて蹄《ひづめ》の音に気付き、馬車に乗せられてどこかに連れてこられたのだと気付いた。

暗い森の中、灯りはない。

「――妃殿下」

聞いたことのない低い声に、びくっと肩が震える。

「……だ、れ？」

襟に階級章と紋章がついている。この模様、間違いなければ、シュバルト王国の軍人だ。一気に身体が凍りつく。

「いや、ミレーヌ王女。驚きましたよ。まさか生存しておられるとは」

「……っ」

しまった、とミレーヌは顔を強張らせる。

「あなたを捕囚として連れていきます。まずは、フェンリヌの森の中まで案内してもらいましょうか」

男の口調から意図することを察したミレーヌは、即座に否定した。

「私は妃じゃないわ。表向きそうしているだけ。だから……皇帝はここに来ないし、卑怯な取引には応じないわ」

そう、あくまで捕囚。なにかあったらジークフリートはミレーヌのことを切るに違いない。それぐらいのことは覚悟していたつもりだ。

王女としてフェンリヌ王国を守らなくてはならないし、皇帝である彼が守ろうとしている大陸を不安定にさせてはならない。

「うそを言わないでください。密告者から聞きましたよ。もう既に決められたのだと。モンタルクの王女だとばかり思っていましたが、誤算でした。今夜正式に結婚を発表しようという話じゃないですか。表向き？　皇帝陛下はあなたに骨抜きだという話ですよ」

どうやらシュバルト側も裏をかいて策謀を練っていたようだ。

「私は一人の候補者にすぎないわ。うそなんかつかない。私がただ……陛下をお慕いしているだけです。だからそんな噂が流れたのよ」

「ほぉ。あなただけの一方通行だと？」

「そうよ。一緒にいるうちに恋をしたわ。でも残念ながら陛下にはその気がないの。形だけよ。だから勘違いしないで」

説明しながら哀しくなってくる。

そう、形式上のこと。本物の花嫁ではない。けれど、自分の気持ちだけは否定しないでいたい。

ジークフリートのことが好きなのだと。

たとえ彼本人に伝えることができなくても。

「なるほど。権力でものをいわせ、数々の臣下を手放した。皇帝のやりそうなことだ」

「あなたは一体？　シュバルト王国の人間では？　一体どこから情報を？」

「私はラインザー帝国を潰したくて仕方がない人間だ。大陸のすべての恵みを得ようとする強欲な男は、神にさばかれるべきだ。帝国の頂点に立つ人間ではない」

冷ややかな瞳が向けられるが、ミレーヌは少しも怯《ひる》まなかった。

「強欲な男ですって？　あなたは勘違いしているわ。人の本質を見抜けないあなたに……彼は倒せない」

ミレーヌの意思を込めた言葉に、男が一瞬、怯む。

そのとき、ミレーヌと男の間に疾風が吹き込んだ。ふと横を見れば、木の幹に突き刺さった矢。

男の視線が反対の方向に向けられる。そこには鬼気迫った顔をした騎兵の姿……否、金の髪から覗く意志の強い眼差し……あれは、ジークフリートだ。

「ジークフリート様！」

……ジークフリートに会えた。けれど今は……。

「囲いこめ！」

男が号令をかけると、身を潜めていた敵勢が一気に詰めかけた。一体何人いるのか、独りで応戦するのは無理だ。

「きちゃ、だめ！」

ミレーヌは必死に声を張り上げた。

しかしジークフリートを乗せた馬は止まらない。

「ミレーヌ、そこをどけ！」

帯刀していた剣を抜き、四方八方から襲う敵と対峙《たいじ》する。束になってかかってくる敵に一人で立ち向かい、隙のない身のこなしで応戦する。護衛はどうしているのか姿が見えない。

男は下卑た笑みを浮かべると、騎馬にまたがり腰鞘から長剣を抜いた。

「おやおや、一人の女に狂ったようだ。護衛もろくにつけてこないとは。愚かな皇帝は悪あがきがお好きのようだ。ここで果ててもらいましょう——くたばれ、三世が！」

鋭い切っ先がジークフリートを目がけて振り下ろされる。

「ジーク——！」

ミレーヌは思わず叫んだ。

すんでのところで互いの剣がかちあう。襲いかかる敵の刃が肩から二の腕に掠め、血が滴る。

だが、ジークフリートの方が速かった。男が腹を押さえ、地面に崩れ落ちていくのが見えた。気付けば、複数の男たちが地に這いつくばっている。

と、そのとき、うしろから近衛隊がやってくる。

「陛下！　ご無事ですか」

「ああ、あとは頼む」

肩を押さえる彼のもとへ、ミレーヌは必死に駆けていった。

「無茶をしないで……あなたに何かあったら……」

ホッとして涙が溢れてくる。ジークフリートに何かあったら……いやだ。それは皇帝陛下が崩御するという意味ではない。ミレーヌ自身が失いたくない、とあの瞬間に思ったのだ。

「心配させて悪かった……俺は平気だ。それより、前を向け、ミレーヌ」

すると、彼がなにかを見つけたらしく、指を差す。

真っ暗な森に一筋の光、琥珀色の月の雫がきらきらと零れ落ちてくる。切株の上には紺碧の海をそのまま色づけしたような美しい青い鳥が止まっていたのだ。

今度こそ、鸚鵡じゃない。

目の覚めるような碧《ブルー》に息を呑む。これこそが探し求めていた青い鳥――。

ミレーヌの鼓膜に誰かの声が滑り込んでくる。

『願いはたった一つだ』

心に直接届くような声。一体どこから聴こえているのか、不思議だ。

青い鳥が、こちらを見つめたまま動かない。

たった一つ……ミレーヌはハッとする。

それはフェンリヌの森の洗礼式でも誓ったことだ。

けれど今は……今後の大陸の平和を願わなければ。焦るあまりに言葉が出てこない。

(私は何を言うべき……)

青い鳥が透けて、消えてしまう。

ミレーヌが口を開くよりも、ジークフリートの方が早かった。

「ミレーヌ・シャレット・フェンリーヌが守ろうとするフェンリヌ王国の者たちを人間に戻してほしい」

「ジーク!」

ミレーヌは青い鳥とジークフリートの間に立ち塞がろうとする。だが、彼の手に止められてしまう。

ジークフリートの澄んだ瞳が、ミレーヌをまっすぐに射貫く。

「フェンリヌ王国の復興、それが大陸の平和へ……必ず役立つ存在になるはずだ」

『――叶えよう』

大地を一面覆うような眩《まばゆ》い閃光に目を眇める。青い鳥の姿を目で追うが、もうその姿は見えなかった。琥珀色の月のあかりだけが切株を照らしている。

「……消えた？」

ミレーヌは必死にあたりを見渡したが、跡形もない。

「どうして……皇帝であるあなたは大地を守る人。そんなあなたが大陸の平和をまっさきに願わないでどうするの？」

「それは違う。大陸の平和とはなにか。保身のための願いなら、青い鳥には伝わらない。平和は自らの手で作っていかなくてはならないものだ。我々には歴史があり、今というときを重ねているのだから」

そう言い、ジークフリートはミレーヌの頬に手を伸ばした。指先が頬を滑っていく、と同時にミレーヌの目尻から涙が零れていく。

「勘違いするな、ミレーヌ。おまえのためにしたわけじゃない。青い鳥は……欲望から発せられる言葉には耳を傾けない。それが今通じたということは……フェンリヌ王国の復興が純粋に願われているということだ」

「なぜ……そんなことを」

その理由を知っているような口ぶりのジークフリートに、ミレーヌは瞳を見開く。

「かつてフェンリヌの王がピエレーネ鉱山の独占と大陸征服を願ったが叶わなかった。その結果、病に倒れ、妖精として姿を変えられた。妖精は堕天使であるが悪魔になりきれなかった存在とも言われている」

「そんな、父……王が……」

ミレーヌは大病を患って離れの塔に伏している父国王のことを思い浮かべ、息を呑んだ。

「視察に向かい、おまえの従兄から真実を知らされた」

「おにいさまに会えたのね」

「ああ。考えていたことが当たりだった。おまえを花嫁候補にあげるためにやったのだと口を割った」

ミレーヌは改めてショックを受けた。

「それなら、なぜおにいさまは私に……皇帝陛下の花嫁に……と言ってくれなかったの……？」

「おまえが愛しかったからだろう。打ち明けるべきときを待っていた。その上で……おまえに託したんだ。欲望に染まらぬ心をもった少女に。そして俺は、改めておまえを託された」

へたりと腰が崩れてしまいそうなところ、ジークフリートに支えられ、抱き起こされる。痛めた肩に響いたらしく、小さく呻く彼に驚いて、ミレーヌはとっさに彼を受けとめた。

「ごめんなさい……怪我してるのに」

「それよりも、もうひとつ大事なことを伝えておきたい。これから先の未来……俺はおまえに傍にいてほしい」

懇願するような眼差しが注がれ、ミレーヌは驚いて見つめ返す。

「……ジーク」

「不思議なものだな。おまえの放った矢のせいなのか？　出逢ったときからおまえのことばかり考えている。媚薬がどれほど効いているのか、再びフェンリヌの森に行き、王太子に真実を問い詰めるべきか」

皮肉げにそう言って、ジークフリートはミレーヌを愛おしそうに見つめた。そんな彼が愛おしくて、ミレーヌは彼の頬に手を伸ばす。

「ミレーヌ、おまえがたまらなく愛おしい」

最初はいやなひとだと思ったけれど、今はもう離れることを考えられない。彼を放っておけない。彼の瞳に映っていたい。傍にいさせてほしい。

「……媚薬のせいじゃないわ。だって……私も、あなたのこと……」

——好き。そう……好きなのだから。

胸が詰まってうまく言葉を伝えられぬまま、くちづけを受ける。

「鸚鵡の言っていたことは誠だということか？」

今度はもうごまかせなかった。

「そうよ。好き……あなたのことが、好きなの」

するとジークフリートは愛おしげにミレーヌを見つめて、くちづけと引き換えに、甘い言葉を囁いた。

「まずは城に戻り、願いが叶ったのか……確かめてみなくてはなるまい」

初めてミレーヌは素直に甘えて、守ってくれるジークフリートの逞しい腕に抱かれて、こくりと頷くのだった。

第七章　いとしい姫君に変わらぬ愛を

ジークフリートとミレーヌが護衛を従えて城に戻ったところ、リュグナイル宮殿に滞在していたシュバルト王国の使節団は既に出立したという知らせが入った。

夜も更けるというのに慌てるように城を出たという話から、二人は顔を見合わせて、やはり……とため息をつく。

「どうやら考えはあたっていたようだな。向こうは強行突破する気だったようだがそうはさせない。フェンリヌの森一帯を我が帝国軍の騎馬隊がすべて包囲してある。今日のことで簡単に手出しはできないだろう」

ジークフリートは怪我の手当てを受けたあと、近衛兵を従わせ、広間に大臣を呼びつけた。緊迫した広間の中、白髭大臣や侍女ハンナをはじめ侍従たちはミレーヌのことを気遣ってくれた。

「陛下に何事もなく、いやいや、ご無事でなによりでした」

握りしめたハンカチを目元にあてがう大臣に、ジークフリートが険しい表情を浮かべ立ちはだかった。ミレーヌは驚いてジークフリートを見上げる。

「大臣、おまえに追及したいことがある」

「な、なんでしょう。陛下」

「シュバルト王国の間諜に情報を流したのはおまえだな」

ざわっと臣下たちの視線が一斉に大臣の方へと向けられる。ミレーヌもまた弾かれたように二人の顔を交互に見た。

（……大臣が……間諜と繋がっていた……？）

「なっ……ばかな。なんてことをおっしゃるのですか」

「我々の情報がいちいち事細かに他国に漏れている。国内にその情報を渡していた者がいるとみて間違いない。他国に機密情報を流すとは……大罪だぞ」

「まさか……お待ちください。なぜ私が……存じませんぞ」

「この間の舞踏会に検問をすり抜けて入り込んだ人間がいる。旧帝国派だったシュバルトの間諜だ。手引きをした黒幕はおまえだな、大臣」

「陛下、先ほどから、一体何をおっしゃるのです」

慌てふためく大臣を前に、ジークフリートは冷静に詰問した。

「ならば我々の視察のルートを言ってみよ。一致するなら信じてもよい」

「……」

大臣は額に汗を浮かべ、ついに黙り込んだ。

「大臣、おまえはいつも書簡の受け渡しの下読みをしてくれていたな」

「……それが、なにか……」

「私はシュバルト王国の使節団への手紙をおまえに渡して読ませたあと、いったん手元に戻した。印璽《いんじ》で封蠟をつく前に中身をすり替えたんだ。我々のルートの偽の情報を流したのだよ」

そう言い、ジークフリートはシュバルトの間諜がもっていたという手紙を近衛隊から渡されて目の前で開き、自身の上着に仕舞っていたもう一通の手紙をとりだした。

どちらも皇帝しか押すことのできない印璽の押された封蠟がはっきりとつけられている。

封蠟とは蠟を垂らして封をすることで、紋章の彫り込まれた印璽を捺すことで成り立つ。

また印璽自体は公的文書などに必要になるものだ。

「さあ読み上げてくれ。読まずとも聡いおまえなら預けた手紙の中身は覚えているか。だが物的証拠として手紙の内容をつぎあわせなければならない」

ジークフリートに言われ、大臣は表情を強張らせる。

「どうした？　やはり疚《やま》しいことでもあるのか？」

「……ございません」

「なら読め」

睥睨《へいげい》するジークフリートに大臣はぐっと言葉を詰まらせた。

そこからなかなか口を割らない大臣に痺れを切らしたジークフリートは、先に話を進めた。

「私はシュバルトに渡したフェンリスヌ行きのルートとは別のルートに移動した。暗殺を狙った敵勢が待ち構えていない道を通る手はずを整えたんだ。が、おまえはもっと卑劣なことを考えていたようだ。万が一手こずった場合に備えミレーヌを交渉の道具になるとみて間諜の男に誘拐させた」

「陛下、失礼ですが、手紙はともかく誘拐とは……証拠はあるのですか。誰かがこれは私を陥れるための陰謀だ！　やはり旧帝国の人間を放り出したいだけでしょう」

大臣はそう叫び、臣下たちを見渡した。犯人が他にいるのだと必死に訴える。しかしジークフリートは首を横に振った。

「ミレーヌに触れた者でなければつかない証拠がある」

こくり、と大臣が唾を飲みこんだ音が響くほど、静寂に包まれる。

誰しもがジークフリートの動向に注目した。

「……なんだというのですか」

「妖精の粉といわれる宝石、虹蛋白石《プレシャス・オパール》を砕いた破片だ。ミレーヌのドレスを誂えたときにつけたもの。老眼の目にははっきり見えぬほどの細かな粉だ。ミレーヌを誘拐した間諜にも同じものがついていた。おまえにミレーヌを引き渡していたとしたら、そのときについているはずだ」

青ざめる大臣を尻目に、ジークフリートは待機していた衛兵に顎をしゃくった。嘘か誠か、誰が見ても大臣の動揺から見てとれた。

「連れていけ。詳しくは尋問だ」

「はっ」

近衛兵が大臣を取り囲む。

「陛下、私はけしてそのようなことをしていません！　誓って！　ええい、掴むな。放せっ……私を誰だと思っておる！」

大臣は白い髭を振り乱し、身の潔白を叫んだ。しかしジークフリートが常に傍にいた側近を突き出すということを考えたなら、それだけで決定的な証拠に思えた。誰もが大臣に憐れみの目を向け、ジークフリートを疑うことはなかった。

「まさか大臣が情報を漏らしていたなんて……そんなそぶりなんて全然なかったのに。いつもジークフリート様の傍にいた人なのに……」

「おおかた……シュバルト側から情報をもちかけられ、おいしい方に寝返ろうとしたのだろう。間諜は旧帝国出身のシュバルト兵だ。かつて宮廷から追い払われた旧帝国の人間は、俺が粛清を図ったせいだと思っている者もいるから、うらみを抱いていてもおかしくない。鉱山を糧《かて》にシュバルト側について暗殺を企み、その上でいずれ帝国派を潰す予定だったのだろう」

大臣はとくにジークフリートの幼い頃からついていた側近だ。彼の味方といえる人間がひとり消えたのだ。

以前にハンナから説明があったが、一世時代の旧帝国と二世以降の帝国では親政を巡って荒れたのだとか。

歴史を重んじていた旧帝国の一世時代の重臣らと、旧帝国の人間を追い払いたかった二世以降の重臣らとがそれぞれ派閥を作っていたが、ジークフリートが三世として戴冠した際にそれらは崩れた。結果的に、帝国派が旧帝国派を追い払うような形になってしまったのだ。

ジークフリートの母である王妃が旧帝国と繋がりが深い人間であり、信頼できる人間が多くいたジークフリートとしては胸の痛いできごとだっただろう。幼少の頃からジークフリートを可愛がっていた臣下たちが裏切られた……と思ってもたしかにおかしくない。

「……ジークフリート様は、旧帝国の方も大切に想っていたのに……」

静かに淡々と孤独と闘ってきたジークフリートのことを考えると、胸が締めつけられる。

「仕方のないことだ。人の想いは世の流れによって変わる。ただ……真実はいつもすぐ傍にあるものなのだろうな」

ジークフリートがぽつりと呟き、ミレーヌの方を見る。目があった瞬間、ドキンと心臓の音が跳ねた。

――真実はいつもすぐ傍に。その言葉がミレーヌの心に深く響いた。

すぐに騒ぎを聞きつけた査問委員や上院議員らが広間にずかずかと入ってきた。

「陛下、これは一体、どういうことになっているのですか」

「なぜ、大臣を更迭《こうてつ》する必要が？」

「大臣は、ミレーヌ様が間諜だと言い張っておりますが」

ジークフリートとミレーヌは顔を見合わせた。どうやら事態をミレーヌに押しつける気らしい。

臣下たちがシンと静まりかえっている。傍にいた侍女のハンナも心配そうに見つめている。ミレーヌは一歩前に出て頭を下げた。

「いいえ、私は間諜ではありません。けれど皆には嘘をついておりました。ピエレーネ鉱山に目をつけ奪おうと企んでいる者から、フェンリヌの森を守るために——私は、亡国となったフェンリヌ王国の王女なのです」

ざわっとその場がざわつく。

「王女様……」

「フェンリヌ王国の……王女殿下……？」

ジークフリートが手をあげて、ざわつきを押さえ込む。

「モンタルク王国はシュバルト王国側に落ちた。我々は手を組んで、この危機を乗り越えなくてはならなかった」

すかさず上院の一人が口を挟んだ。

「それでは、花嫁候補とおっしゃっていたのは？」

「事実だが、最初はそのつもりではなかった」

どういうことだとざわつく。

このままではジークフリートが疑われてしまう。

「最初は……互いにいい印象はありませんでした。ですが……互いを信頼しあううちに、愛しあうようになりました。今では陛下のことを心からお慕いしています。それは嘘ではありません」

「では、妃候補であると？」

「そのつもりだ。彼女以外にこの先はない」

上院たちは困惑した顔を浮かべる。その後、フェンリヌ王国の調査報告とともに緊急会議を開くことになり、ジークフリートは上院たちと共に広間をあとにすることとなった。

「大丈夫だ、ミレーヌ。悪いようにはならない。信じて待っていてほしい」

「ええ」

ミレーヌはジークフリートの背を見送り、ぎゅっと手を握った。

もしもジークフリートにとって悪い事態になったら——そう思うと不安でたまらなかった。裏切り裏切られ、何があるかわからない世の中だ。現に暗殺者が存在していたくらいなのだから。これからだってつきまとう問題かもしれない。

（けれど……わかって。神様……ジークフリート様は平和を願っているの。だからフェンリヌのために願いを伝えてくださったわ）

どれくらい待っていただろう。それはもう永遠のように思われた。

ようやくハンナが知らせをもってきた。

「ミレーヌ様、会議が終わりました。至急、陛下の私室へお願いいたします」

「本当？　すぐに行かなくちゃ」

弾かれたようにミレーヌは部屋を飛び出した。

ジークフリートの私室を訪ねたところ、ドアの前でハンナは退き、ミレーヌは一人で部屋のドアを開いた。

「ジーク……フリート様」

「待たせて悪かったな。フェンリヌ王国の件については話がついた。一両日中に森に向かう。国の情勢はもちろん城の再建についても考えねばならないし、おまえを妃にするという約束も伝えなくてはな」

「よかった……どうなるかと思ったわ。なによりあなたのことが……」

フェンリヌ王国のことを想って、動いてきたつもりだ。けれど、いつのまにかジークフリートのことばかり考えるようになっていた。

「私、王女失格かもしれないわ」

涙を零しながら訴えるミレーヌを、ジークフリートは自分の胸に抱き寄せる。

「そんなことはない。大体花嫁になるという使命は果たしただろう。こちらはまんまとおまえに夢中だ。この腕におまえを取り戻すためにわきめもふらず敵勢を蹴散らしたことを、どれほど近衛隊長に諌められたか」

　ジークフリートが自嘲気味に言うが、本当にあのときは彼の命が尽きてしまったら……と心配した。国がどうということよりも彼自身のことを想っていた。

「そうよ。本当に心配したんだから……」

　ミレーヌを抱きしめるジークフリートの腕が強まる。彼の胸に頬を埋めると、後頭部をさらりと撫でられ、つむじに熱いため息が落ちてきた。

「とにかく、おまえが無事でよかった」

　彼の声色からは大切に想ってくれている感情が伝わってきてじわりと涙が込み上げてくる。

「…………私のために……傷ついてしまったわ」

「おまえのせいではない。皇帝となるよう生きてきたからには避けて通れない道だ。ただ、大事なものはもう……失くしたくないものだな」

　ミレーヌは負傷したジークフリートの腕にそっと手を添えて、それから彼の背におもいきりしがみつくように腕をまわした。

　両手でも回しきれないほど広い背……そこには孤独と共に様々なことを抱えている。きっとミレーヌが知らなかった彼の人生には色々なことがあったに違いない。

「……泣くな、ミレーヌ。おまえに泣かれるとどうしていいか困る」

「だって……私だっていやよ。ジークフリート様がいなくなるの……なんて」

我慢していたものが一気に溢れて、もうこれ以上は堰き止められそうにない。

喉の奥がきりきりして、押し込めていたら心が潰れてしまいそうだ。

「……ミレーヌ」

愛おしそうに見つめてくれる瞳、慈しむように髪を撫でるその指、低くてやさしい声、つよく抱きしめてくれる逞しい腕、触れあって伝わる鼓動……あたたかな温もり。ああ、彼にはずっと傍にいてほしい。傍にいたい。

氷の中に閉じ込めるようにして抑え込んでいた想いが、解けだして、流れ込んでくる。

(この人の傍にずっといてあげたい。ううん、私が……ずっと一緒にいたいのよ)

「ジークフリート様……、私、……あなたが好き……好きなの……」

ミレーヌが精一杯告げると、ジークフリートは僅かに驚いたような顔をして、それから目を細めて微笑んだ。

「やはり鸚鵡に吹き込んでいたのは、おまえだったようだな」

そうだった。うっかりしていた。かぁ……っとミレーヌの頬が苺色に染まった。

「あ、あれは……だから、私が、えっと……鸚鵡のへんな声を真似たのよ」

必死に言い訳するが、ジークフリートの白い目が突き刺さる。

「……まあ、よく似ていたが、では一体誰が教えたのか」

「そ、それは……」

ミレーヌはごまかしきれなくなり、上目遣いでそろりと訴えた。

いじわるな視線とぶつかりあい、ミレーヌはうっと言葉に詰まる。

「も、もうっわかったわよ。降参するわ」

屈託なく笑うジークフリートに、胸がきゅんっと疼く。

（そういう顔、反則なんだから……）

でも、何を言われてもきっと、反論する言葉などもう浮かばない。まわりくどくていじわるでも、今なら彼のことがよくわかる。この人には孤独を感じてほしくない。たったひとりだと思ってほしくない。ミレーヌが傍にいることで幸せだと思える時間があるのなら、彼のために尽くしたい。

（……不思議ね。ちょっと前までは……ひどい人って思っていたのに……）

今は指先が掠めるだけでもドキドキしてしまう。さらりと後頭部から襟足を撫でる、ジークフリートの指先を感じて、心音が騒がしくなっていく。もっとそうされたいと願ってしまう。

「おまえの従兄の思惑通りになるのは気に食わないが――」と前置きをした上で、ジークフリートは言った。

「ミレーヌ、おまえを妃として正式に迎え入れたい。そして、この大陸が平穏でいられるよう最善を尽くしていくために、そばで……支えてほしい」

そう言い、ジークフリートは跪き、ミレーヌの左手を持ち上げ、甲にそっとキスをする。

慈しむように、愛おしむように、ゆっくりと重ねられた唇から想いが伝わってくる。

「……あなたの力になれるように最善を尽くすわ。ドジな……苺姫かもしれないけど」

ミレーヌは彼の手を両手でつつんだ。

「……おまえからキスをしてくれるのか」

ぼうっと今さら赤くなったミレーヌを見て、ジークフリートは微笑む。

それから、ゆっくり傾いていく彼の綺麗な顎のシルエットを眺めながら、ミレーヌはそっと瞼を閉じた。

やさしく後頭部を押され、ごく自然と沿うように互いに唇を重ねた。

唇が触れた瞬間から、ジークフリートの熱い魂が流れ込んでくる気がした。

(ああ、好き……この人が好き。とても好き……)

重ねる合間に想いが溢れてくる。

くちづけはだんだんと深くなり、互いの理性を溶かしあい、より衝動的になっていく。

それから閨室のベッドに連れていかれ、なだれこむように身体が重なり、くちづけの嵐が降り注がれる。

二人だけの夜、衣擦れの音、互いの息遣いだけが秘めやかに響きわたる。

角度を変えながら貪るように何度も唇を啄まれ、ミレーヌは息継ぎをするので精一杯だった。つい、と唇が離れ、至近距離に見えたジークフリートの熱っぽい瞳に魅入られてどきんと鼓動が跳ねる。

「ミレーヌ……おまえに触れていると俺は……おまえのことしか考えられなくなる」

「……ジークフリート様……」

「それではだめだとわかっているが……おまえと二人のときは許してほしい」

「はい……私のこと……いっぱい考えてください……」

ミレーヌが素直にそう言うと、ジークフリートはやさしく微笑んで、慈しむように唇を啄んだ。

のしかかってくる彼の重たい身体を抱きとめ、深くもぐってくる彼の舌を受けとめるように搦めながら、互いの時間を共有できる幸せに酔いしれて、ミレーヌの心の中もジークフリートのことでいっぱいになっていく。

キスをしているうちに身体が火照ってきて、ジークフリートはクラヴァットを外しシャツの釦を外しはじめた。逞しい胸板がちらちらと見えてドキドキするけれど、ふと彼の怪我のことが気になった。

「まって……怪我をしているのに、無茶をしたら……」

「……おまえを愛したい欲求の方がずっとつよい。言っただろう？　おまえのことだけを考えさせてくれと」

くちづけは、やがて首筋を辿り、ドレスを脱がせながら、コルセットから露わになった白い乳房へとおりていき、慎ましく主張している蕾に舌が這わされた。

「あ、んん」

「ここに触れると、おまえは気持ちいいんだったな」

ジークフリートは乳房の先をちゅうっと吸い、両手で力強く胸を揉みしだき、ぷつりと硬くなった尖端を捏ねまわした。ミレーヌの口からやるせない吐息がこぼれていく。

「あっあん、……」

執拗に蕾を舌で擦られたそこは硬く隆起して、喘ぐたびに淫らに揺れる。

もっとしてほしくて濡れた瞳で訴えると、ジークフリートはさらにドレスを脱がせていき、胸の先を指で弄りながらみぞおちを舌でなぞった。ぬるぬると塗りつけられる感触が心地よく、腰の奥が蕩けてしまいそうになる。

「……あ、ぁ、っ……ん……はぁ、……」

焦らすように下へと這わされていく舌は、なかなか目的の場所へいかない。それればかりかパンプスを脱がせた足のつま先に、ジークフリートの唇が這わされていく。

「逃げようとしたら、この足を括るつもりでいたが……そうするまでもなかったな」

言いながら、ジークフリートがねっとりと指を食み、親指を咥えてちゅうっと吸い上げる。一度だけじゃなく何度も舐めしゃぶられ、ぞくぞくと身が震えた。

「あ、んっ……んっ……」

そんなところが感じるなんて信じられなかった。けれど、指をしゃぶられるたびに下腹部の奥がじんと疼いてたまらなかった。飽きるほどに舐めたら、足の甲からふくらはぎ……そして内腿へと紅い舌先を這わせてきた。

「は、ぁ、……あ、……はぁ、……」

期待に戦慄き、息遣いが乱れる。

「……してほしいか？」

ミレーヌは恥ずかしかったが、小さく頷いた。

腰のあたりに留まっていたドレスも下穿きも脱がせられ、ジークフリートの指が秘めた場所へと伸びていく。しなやかな指がついに濡れそぼった陰唇を開き、ずぷ……と入ってきた。

「あ、あんっ！」

待ちわびたところへの刺激に、腰がぶるんと震えた。

節くれだった指が角度を変えながら、くちゅ、くちゅと甘く蕩けた肉襞を捏ねまわすように抜き差ししはじめる。

「ん、……あ、ぁ……あん、……あ、あ、っ……」

「足の指を舐めただけだぞ。もうこんなに濡らしてるのか」

挿入するたび蜜がしたたり落ち、ジークフリートの指を濡らしていた。

くちゅ、くちゅ……と淫猥な音が耳を弄し、それにもまた感じてしまう。

「あ、あん、……だって、……っ……」

「おまえを弄るのはたのしい。どれほどでも感じてくれるからな」

嗜虐的なことを言いながら、やがてジークフリートの熱い舌はみぞおちを辿って茂みの先をかきわけ、尖端で勃ち上がった陰核を捉えた。

「ひっあ、んっ……」

　一番敏感なそこをくるくると円を描くように舌先で捏ねまわされると、きもちよすぎて臀部がはねあがってしまう。

「ん、……あ、……っぅ、……ん」

　ジークフリートの舌の動きに神経がもっていかれる。今度は割れ目にそって辿っていった舌に感じていたら、膨れ上がった媚肉ごとじゅうっと吸い上げられ、耐えがたい刺激に内腿が震えた。

「あ、あん！」

　ジークフリートの熱い吐息がかかるたび、きゅんっと奥が痺れる。彼の舌が往復するたび、泣きそうなほど感じてしまう。まるで剝き出しになった感情に触れられているみたいだ。

「はぁ、……ン、……ジーク、……」

　ミレーヌの小さな臀部を引き寄せ、まるで花の蕾を愛でるかのように、彼は秘めた蜜路を愛する。貪るように舐りながら、つうっと指の腹で蕾を押し開いていく仕草がもどかしい。今までよりもずっとやさしくゆっくりと抜き差しをするその指の動きがとてもじれったく、ずきずきとした甘い疼きが走った。

　彼のしなやかな指でさわられるのが好きだ。熱い舌で蕩けさせられるのも。彼の甘い息遣いも……見つめる瞳も……好き。

「どれほどでも溢れてくるんだな……」

その声も……。

ジークフリートは丁寧に舐めとりながら指の角度を変えつつ内襞の感触を愉しんだ。彼の言うとおりにいくら吸われても止め処なく溢れてしまう。彼に触れられて嬉しいからだ。

「あ、……ぁ、……っ……だって、……そんな、ふうに、……するから……」

この胸に秘めた想いが溢れてくるのと同じように、身体は彼を求めて貪欲に感じている。もどかしくなって腰を動かしてしまったのが伝わったらしく、そろりと彼の視線が向けられ、ミレーヌはかあっと顔を赤くした。

「もう欲しいのか?」

「……っ……だって、……」

「俺も同じだ。おまえをめちゃくちゃにしたい……」

低く囁かれる声にさえ感じて、指や舌で愛され、小刻みに達してしまいそうな感覚を振りほどくように、ミレーヌは頭を左右に揺らす。

「あ、あ、っ……ん、はぁ、……ああっ、……っ」

中を乱す彼の指は濡れた襞をかきまわし、張りつめた尖端に蜜を塗りつけ、快楽を引き出そうとする。絶頂への前奏曲を奏でるべく、じゅくじゅくと激しく弄られて、さらに張りつめた肉芽を甘噛みされた瞬間、真っ白になりそうになった。

「あ、あ、っ……だめ、……あぁっんっ」

達してしまいそうになるのを堪えようと力を込めれば、彼の指をさらに締めつけてしまい、狭いところをぐり抜けながら穿たれる指戯に、ミレーヌは下腹部をおもいきり仰け反らせた。

「……や、あっあん、……指じゃ、……やっ……」

「何がほしいんだ」

「……はぁ、ジーク……フリート様の、……ほしい、のっ……」

恥ずかしいとか構っていられなかった。哀願するように甘えた声を出すと、ジークフリートの指がゆっくりと抜け出ていく。中が激しい渇望で蠢いた。

「かわいい姫が欲しいというのだから、存分にやらなくてはな」

ようやく脈々と張りつめた彼のものが濡れそぼった蜜口へとあてがわれ、甘い予感を察知した臀部がふるりと戦慄く。早く一つになりたい。ジークフリートのそれで満たしてほしい。

「ふ、あっ……ん、……」

ビクンと身震いをするミレーヌの腰をぐっと引き寄せ、ジークフリートは尖端を窪みに沈めていく。膨れ上がった切っ先が、真っ赤に充血した媚肉の間へと滑り込んでくると、甘いざわめきに喉の奥が引き攣れた。

「ああっ……！」

さらに張りつめた刀身をぐぐっとおさめられ、涙がこぼれそうになる。細い腰を押さえつけるようにして、ジークフリートの引き締まった腹筋が抽挿されるたびに当たって、ミレーヌの噴きこぼれる蜜が滴ってしまう。

「あ、ああっ！　あん、……あっ！」

思わず浮いてしまうミレーヌの臀部を引き寄せ、ジークフリートは思うまま、ずん、ずんっと奥へ沈めて進めてくる。ぬめぬめと絡みついていく襞を広げるように腰を押しまわしてくる。

「あ、あん、あっあ、っ……あぁっ……っ……っ」

挿入された直後からもう小刻みに絶頂を感じてしまっていた。最奥まで満たされたあとはずっと浮遊感に見舞われて、もう何も考えられない。指や舌で愛撫されていたものよりも、大きな波を連れて、ミレーヌに甘すぎる愉悦を与える。

「ああ、っ……ぁう、んっ……はぁ、っ……、んっ……ジーク、フリート様……っ」

「いいか？　こうされるのが」

「……ン、……いい……いいっです……ああ、っ……」

両手を押さえつけられ、彼の腰が何度も近づいて離れて、叩きつけるような卑猥な音が響きわたった。

「もっと俺を感じろ。よくしてやる」

脈打つ肉棒の感触が身体の内側で感じられると、胸の中までいっぱいになってしまう。ジークフリートに求められるのが嬉しくて、どんどん熱くなってくる。

「んっ……あ、ぁっ……きもち、……いい、です……っ」

「ミレーヌ……おまえが、本当にかわいくてならない」

「……ジーク、フリート様……っん」

唇を重ねられ、濡れた舌が入ってくる。深く貪るように舌を絡めあわせながら、臀部を揺さぶるように抽挿を繰り返され、ますます内部に熱が集まってくるのを感じた。そこはもう溶けそうなほど気持ちいい。

もっともっとと懇願する中を、ジークフリートはどれほどでも愛してくれるのが嬉しくて、気付いたら自分から腰を揺らしていた。

彼の想いが、情熱が、膨れ上がって、いっぱいに満たしていく。

深く、浅く、やさしく、強く……。

「あ、あ、あっ……ああっ……」

繰り返し挿入されるたびに甘い愉悦の波が連なってくる。

ジークフリートの秀麗な額には玉のような汗の雫が滴っていた。澄んだ碧瞳が愛おしそうに見つめてくれている。

好き……好き……という気持ちが、穿たれるたびに溢れて止まらなくなる。

夢中でくちづけを交わしながら、猛々しく膨れ上がった刀身で、深いところを穿たれる。

彼が自分の中で存在しているということをつよく感じて、彼に愛される悦びで胸が震える。

「……あ、っ……ジークっ、……っ」

揺さぶられて弾む胸をやさしく揉み、濡れた唇で耳朶を挟みながら、ジークフリートは甘美な声で囁いた。

「ミレーヌ、……もっと大事なことを言うから、覚えておけ」

「……はぁ、……だめ、……今、いっちゃ……」

振り落とされそうなほどの絶頂の波が押し寄せ、ミレーヌはジークフリートの背にしがみつく。濡れた肉襞をかきわけるように張りつめたものが何度も埋め込まれ、器いっぱいに押し込まれると、内部から蕩けるほど熱いものが噴きこぼれた。

「……愛してる、ミレーヌ。もしもおまえが、妖精のままでも……俺はどちらのおまえも……好きだからな」

ジークフリートの剛直がさらに硬く張りつめたのが伝わってくる。

やさしく見つめてそう言い、一途に情熱を傾けてくれる彼がいとしくて、嬉しくて、ますます感情が昂っていく。

「ああ、……っ……私っもっ……」

最奥へと穿たれる間隔がより短くなり、唇を重ねても吐息が漏れてしまう。

ずん、ずんっと突かれながら、舌を激しく搦めあい、共に熱の捌け口を探す。そして一際つよく打ちつけられた刹那、よりいっそう熱いものが込み上げてきた。

「あ、あ、あんっ……ジークフリート様の……あついのっ……いっちゃうっ……！」

「……っ……いい、一緒だ……ミレーヌ……っ」

互いに一心に腰を振りたくって高みを目指すと、最奥にびゅくびゅくと熱い精が迸ってきた。よりいっそう愉悦が強まり、ミレーヌを絶頂へと押し上げる。

「あああ、……――――!」

びくびくんと全身が震え、怖いぐらいの浮遊感に見舞われた。激しく中が収斂し、ジークフリートの脈動を締めつける。

息をつめるような彼の声や、憂いを帯びた眼差しが、えもいわれぬ色香を漂わせ、求めてくれてそうなっているのだと思うと、愛おしくてたまらなかった。

荒々しい息遣いのまま覆いかぶさってくる彼の背を受けとめるのと同時に、ミレーヌもまた火照った身体を自然に委ねた。早鐘を打つのが触れあっている胸から伝わってくるのが心地よい。

汗ばんだ身体を密着しあい、繋がりあったまま、しばらくそうして離れがたかった。

(……好き。こんなに……いつのまにか私、恋をしていたのね……)

ジークフリートの熱いものがミレーヌの中に満たされ、彼のすべてがほしいといわんばかりにうねっている。

彼と同じだ。妖精に戻っても戻らなくても、形が変わったとしても彼を好きな気持ちには変わりない。でもできるならずっと……一緒にいたい。

今なら……ジークフリートの子を孕んでもいい。本気でミレーヌはそう思った。

「……おまえの子が生まれたなら、さぞ楽しいのだろうな」

「え？」

今まさに思っていたことを言われ、ミレーヌはぱちりと瞼を開いた。すると彼はてれくさそうに笑った。

「そう思ったんだ、今」

「……私も、思っていたの、今」

互いに目をあわせていたら、くすぐったくなってしまった。

「なら……おまえが人間のままであるように、呪文を唱えておかねば」

「どんな？」

ジークフリートが汗ばんだ髪を撫でてくれ、やさしく微笑みながら唇を奪った。それは、そっと重ねるようなのでも、激しく貪るようなのでもなく、ゆったりと食みあうような甘いくちづけだった。

ああ、王子様からのキスでお姫様は呪いが解けるのね……。ミレーヌは瞼を閉じながら、ジークフリートの唇の感触を味わい、うっとりと余韻に浸った。

どれほどそうしていたことか。しばらくしてもミレーヌの身体に異変がないことをたしかめた二人は顔を見合わせ、喜びに笑顔を咲かせ、きつく抱きしめあった。

「ジークフリート様、私、人間に戻れたんだわ」

はしゃぐミレーヌを愛おしそうに見つめるジークフリートだったが、ほんの少し残念そうでもあった。

「あぁ。小さいおまえも可愛かったけどな。これでおまえを正式に花嫁に迎えることを発表できるな」

ジークフリートはそう囁き、いとしい姫君の唇に、変わらぬ愛を伝えるべくそっとくちづけた。

エピローグ

数日後——。

ミレーヌは人間の姿に戻ったローレンツをはじめフェンリヌ王国の者たちと再会を果たした。妖精の羽をまとった彼らの姿はなく、互いに奇跡を喜びあった。

「よくやったな、ミレーヌ。おまえが使命を果たしたおかげだ」

大広間にて王家の者をはじめ臣下たち皆が揃って出迎えてくれ、両手を広げて待っていたローレンツの胸に、ミレーヌは飛び込んだ。

「おにいさま……いいえ、ジークフリート様が……陛下がいてくださったからよ」

家族との再会に気を遣ってか、ジークフリートはうしろに下がって近衛隊に囲まれたまま待機している。ローレンツはかしこまり恭しく頭を下げた。

「ああ、陛下に寛大なお許しをいただけたことを感謝しなくては。ミレーヌ、おまえを妃に選んでいただけたこともね」

あのとき願いが叶えられた瞬間にフェンリヌは元通りになっていたらしい。こうして会えたのが嬉しかったのも束の間、ミレーヌは拗《す》ねてみせた。

「おにいさまの仕業だったのでしょう？」

階前万里という言葉はジークフリート以上にローレンツのためにあるようなものだ。

「おまえを信頼していたからだよ」

ローレンツはいつも通り鷹揚な様子だが……、今思えば、ここぞというときに風が吹いていた気がする。

「なんで気付かなかったのかしら？　いたずらな風のこと。それに、あの鸚鵡をよこしたのもおにいさまなのでしょう？」

鸚鵡が風に乗ってやってきたのも、落下した身体が風に助けられたのも、弓矢が方向を変えたのも、身体が押されるようにジークフリートの唇に触れたのも。

はぐらかすようにローレンツはほんの少し微笑んで、片眉を下げる。

そう、結果的にジークフリートとミレーヌのキューピッド役になったのは、ローレンツだ。それが大きな目的だったのだ。

「信頼しているとはいえ、やはりおまえのことが心配でね。少し細工をした。鏡の精の能力を借りて、おまえの宮殿暮らしをこちらで見ていた。おまえが鸚鵡に惚れ薬を間違えて与えたことが功を奏したね」

「えっ……じゃあ、全部、見られてた――っていうこと!?」

皆が視線をそれぞれ逸らして、ほんのり顔を染めている。ガン、ガン、ガガンッと落石が頭にふってきた気分だった。そしてマグマの火焔のごとく、かーっと頭に血が昇ってくる。

「もちろん、陛下とおまえの熱い夜は……見ないよう配慮したさ」

こほんっとわざとらしい咳払いをして、ローレンツは言う。

「し、信じられない……っ」

ぷうっと膨れてみせるミレーヌに、ローレンツはよしよしと従妹をなだめるように髪を撫でる。

「しかしいくら策を練っても、おまえが陛下に愛されなくては意味がなかった。青い鳥は、使命を果たした者の、真実の愛のもとに現れるのだからね」

「真実の愛のもとに……」

「ああ、純粋な想いこそが救われるのだ。我々はこれから平和のために努めていかなくてはならない。国王陛下もそのようにおっしゃっていたよ」

「……ええ。そうね」

「なににせよ、私は安心しておまえを託せられる。陛下のおまえに対するご寵愛は素晴らしく、おまえも陛下をとても愛しているのだろうからね」

「そ、それは……」

ミレーヌはうしろにいるジークフリートを気にして耳まで赤くする。すると、傍にいた侍女マーブルがむふむふと頬を緩ませながら言った。

「お幸せそうで何よりです……ご寵愛されるミレーヌ様が羨ましくてなりませんでしたわ」

「いいわ、かしこまらなくたって。いつも通り、ドジなミレーヌでいいのよ？」

ミレーヌが照れかくしに言うと、周りを囲んでいた王家の者や臣下たちは幸せそうに微笑んだ。

……と、折を見計らい、ジークフリートが護衛を引き連れて、傍にやってくる。

「──俺は気に入っているが。おまえのドジ。おかげで目が離せなくて困る」

品のある微笑みを浮かべつつ、甘さを孕んだ言葉のあとで、抱き寄せられ、ミレーヌはおもいきりうろたえた。

「そんなこと、いつも言ってくれないくせに、なによ」

嬉しいけれど、皆の前で甘い雰囲気を出されると恥ずかしい。

「そうか？　俺は言っているつもりだったが、足りなかったのなら、これから努める。一つずつおまえに伝えよう」

わざとなのか本心なのかジークフリートの見つめる瞳が甘く、ミレーヌは戸惑う。ご寵愛と言われるとたしかにそうかもしれない。彼のミレーヌに対する愛情表現は出逢った頃と比べだんだんと溺愛に近いものになってきていると思う。

「い、いいわ。そういうのあなたらしくないし、私はやっぱりドジなミレーヌでいいの」

頬をほんのりと染めてジークフリートを見上げるミレーヌは、れっきとした恋する乙女だ。そう言いたげな皆の視線に、ますます頬が火照ってしまう。

「……でも、少し、寂しく思います。もとに戻ったお城に……お姫様がいらっしゃらないと」

ぽつりと呟き、急にうるうると瞳を潤ませたマーブルを筆頭に、侍従たちが眉尻を下げ、ミレーヌに名残惜しそうな眼差しを向けた。

「みんな……」

胸にぐっと迫るものを感じ、涙が込み上げてくる。

「ここに残りたいというのなら、そうしてもいい」

ジークフリートがそう言いだしたので、涙が一瞬にしてひっこんだ。

「え?」

「まさか、やっぱり……お姫様が要らないとおっしゃるのでは……」

ミレーヌがショックを受けて青ざめていると、ジークフリートは首を振った。

「正式に結婚式を済ませない限り、住まいは制限するつもりはない。結婚許可証が発行されるまで時間がかかるだろう。その間ここにいて構わない。ただし護衛をつけさせてもらうことになるが」

その言葉にホッとするが、真剣な顔で交渉しはじめるジークフリートの傍で、ミレーヌは落ち着かない気持ちになる。彼と離れる……ということを考えたら、不安で寂しくなってしまった。

ふっと、ローレンツと目が合い、なにか言いたげにしている。

（おにいさま？）

「いいえ、陛下、それではミレーヌが寂しがって脱走でもしかねません。これ以上ドジをされてはかないませんよ」

ローレンツが口添えをするが――。

（だ、脱走って……それに、またドジって）

「しかし王太子殿下を、たいそう慕っているようでしたので、離れるのが寂しいのでは？」

ジークフリートの碧い瞳が期待するようにミレーヌを見つめてくる。そして隣ではやさしく微笑むローレンツの藍色の瞳――。

（うっ……ずるいわ）

ローレンツへの想いを上回るジークフリートへの想いを、ここで再確認させようというこ とな の か。

（もう、言えばいいんでしょう、言えば……）

「……私をどうか陛下のお傍にいさせてくださいませ。できましたらすぐにでも……そして一生かけてご寵愛を賜りたいと存じます」

その瞬間、少年のように満足げな笑顔を咲かせたジークフリートが、ミレーヌを風にさらうように彼のマントの中に包み込んだ。

（今の……おにいさま？）

（いや）とローレンツが首を振る。

そうだ、もう魔法は使えない。

だとしたら、風のいたずらか――それとも神の祝福か――。


リュグナイル宮殿に戻った二人はバルコニーに仲良く肩を並べ、琥珀色の月を眺めた。

しきり直しをし、正式に婚約を発表した舞踏会は大いに盛り上がった。

その後ジークフリートの口からフェンリヌに関する報告がなされ、諸国と同盟を結び、平和に努めていくことを誓った。

二人はこれから結婚式に備えて待つばかりだ。聖王庁から結婚許可証が発行され次第、ミレーヌはジークフリートの妻となり、そしてラインザー帝国の皇妃となる。

「私で務まるかしらって不安もあるけれど……」

「おまえのそばには俺がいる。命に代えても守ってみせるよ」

うしろから包み込むように抱きしめられて、ミレーヌはまわされた彼の腕にそっと手を添えながら身を委ねる。

「これで晴れて心おきなく、求めてもいいということだ」

挑発的なジークフリートの言葉に、ミレーヌはどきっとする。

「いくらキスをしても、おまえをどれほど貪っても……孕ませてもいいということだな」

こめかみにキスをしながら、ドレスの釦を外そうとするジークフリートの手を抗おうとするが、やはり強引なのは相変わらずだ。

「ん、待って……手加減をして……」

コルセットから零れてくる乳房をてのひらにおさめながら、耳朶をちゅうっと食まれ、バルコニーにあ……と甘い声が零れる。さらに指先で頂を転がされ、じんとした熱が込み上げる。

「……見られちゃう。ここじゃ……だめよ……」

そう言ってるそばから、ジークフリートは胸を揉みしだきながら尖端をきゅうっと摘まむ。

「んっ……はぁ、……」

「今夜は喜ばしいこともあったし、手加減できるかどうか。ミレーヌ、おまえ次第だ。念の為聞いておくが、ローレンツのことをどう思ってる？」

「なぜそこで……またおにいさまのことを」

（しつこい……っ！　こどもみたい……）

「いいから答えろ」

戒めるみたいに乳首を摘ままれ、ミレーヌはびくんと肩を揺らした。

「ひゃっ……それは大切に想ってるわ。当然でしょう？」

ミレーヌはうらめしいと顔を斜めにあげて上目で訴える。

「俺よりもか」

彼らしくないふてくされた言動に、ミレーヌは戸惑う。

「な、何言ってるのよ。そんなことでいつまでも張り合ってどうするの」

「そんなこと？　大事なことだろう。俺は真面目に言ってる。言葉にしないのなら、身体に訊く他にあるまい」

そう言い、ジークフリートはミレーヌの肩をひねり、甘い苺を味わうかのように唇を奪う。一粒ずつ味わうかのように、何度も啄んで、貪ろうとするから、ミレーヌは待って、と彼の唇を押し返す。

「ン、っ……あのね、言っておくけど、実験はもう必要ないんだから！」

「わかっていないのはおまえだな。今さらそのつもりではない」

ジークフリートはそう言ってため息を零した。

「好きな女には色々したくなるものだ。おまえはいつも俺を刺激するようなことをする。そのたびに心が揺さぶられる。触れたくて仕方なくなる……そういう気持ちでおまえに触れている」

ミレーヌを独占して抱きしめる腕はつよいが、唇に触れる温もりはやさしい。大切にしてくれていることが伝わってくるような触れ方をする。ジークフリートのこういうところが好きだと思う。

「おまえは女だから、そういう気はないか？　俺をどう思っている？」

やさしく見下ろされ、ミレーヌは顔をボッと赤くする。

今日ぐらいは素直に伝えよう、と内心ドキドキしながら構えていたところ——突然、二人の間に妙な声が割って入った。

「ホントウハスキナノ、ズットズット、ハナレタクナイワ……ナンテイエルワケナイジャナイッ」

二人は互いに固まり、それから声がした部屋の方を振り返る。

目覚めるような碧い色をした鳥——鸚鵡の姿が目に飛び込んできて、ぎょっとした。

「あの……鸚鵡！　どうして、連れてきたのっ」

婚約してから二人の新しい部屋にうつったというのに。

「俺は知らん。侍女がおまえの大切なものだと思って、連れてきたのだろう」

ジークフリートは喉の奥で笑いをかみ殺している。そういえば、前にもこういった場面があったのだった。はた迷惑な鸚鵡だ。

「ドキドキスルワ、ホントヨ、ホントウヨ」

「んもーうるさい！　あなたが言ってどうするのッ！」

捕まえて今すぐに黙らせたい。いつも余計なことばかり言うのだから。ミレーヌが気をとられていると、頤をくいっと摑まれて碧い瞳に覗きこまれた。

「いいから気にするな。それで？　本当のところはどうなんだ」

時々ジークフリートは無垢な瞳をする。まっすぐに欲している彼を無下になんてできない。もうこの気持ちは彼のもの以外にはありえないのだから。

「……そ、そうよ、私だって……あなたの傍にいると、胸がドキドキするもの」

もじもじと、だけど、はっきりとミレーヌは打ち明けた。

「珍しく素直な返事だな」

ジークフリートが揶揄を含んだ笑みを浮かべるので、ミレーヌはフイッと横を向く。

「今夜は……特別な日だからよ」

「……それならやはり聖王庁にかけあい、結婚許可証の発行をせかさなければならないな。特別な日がもっと……永遠に続くように」

そう言い、ジークフリートはミレーヌをマントでさらうように包み込み、唇をやさしく奪った。蕩けるようなくちづけに、ミレーヌは目を瞑りながら、ジークフリートの存在を胸に深く刻む。

この人を夫として愛したいと、泉のように湧き上がってくる想いを尊く感じながら……。

「おまえに大事な使命を与えたい」

唇を離した合間に、ジークフリートが言った。

ミレーヌは翠玉石《エメラルド》の瞳をぱちくりと瞬かせる。

「使命？」

「親善大使だ。諸国との平和を守るための重要な使命になるが……きっとおまえならやり遂げられるだろう」

彼からの信頼を初めて与えられて、ミレーヌの胸が熱くなる。

「使命はこりごりか」と笑うジークフリートに、ミレーヌは首を振る。

ときとして立ち向かわなくてはならない試練、それを成し遂げなくてはならない使命、その先にはきっと得られるものがある。

ミレーヌがジークフリートと出逢い、尊い存在となったように。

「いいえ。謹んでお受けいたします」

「おまえなら承諾するだろうと思っていた。ドジ……を支える役割は、同盟国となったフエンリヌから……そうだな。おまえの従兄に担ってもらおうか」

「おにいさまに？」

あれほど嫉妬していた人が、と驚くと、彼はさらりと言った。

「それがどういう意味かわかるか？」

ミレーヌのことをよく知るローレンツがついていれば、なにより安心材料になるということなのだろうが、つまりは監視下におきたいということかもしれない。

「初恋は叶わずとも、秘めた恋を貫くものもいると聞きますが……」

悔しかったので、ミレーヌは反発してみた。

「それは無理だろう。おまえはとっくに俺に夢中だ」

「……むっ」

「違わないだろう？」

勝ち誇ったジークフリートの笑みがいやな感じだ。さっき素直に告白したばかりだから分が悪い。そんなミレーヌをよそにジークフリートはミレーヌを寵愛すべく腕の中に抱き寄せて放さない。

「なにより……俺がおまえに夢中だ。手放すつもりはない」

やさしい瞳に見つめられ、どきんと鼓動が波打つ。

「ジーク……」

甘い雰囲気にくすぐったい気持ちでいたところ、ひょいっと抱きかかえられ、ミレーヌは驚く。

「きゃっ」

「まずは……夫との仲をよりいっそう深めてもらわねば。バルコニーではだめだと恥じらうならば仕方ない。今夜はおまえの意を尊重してベッドに連れていってやろう」

その言葉の意味を察して、ミレーヌは顔を赤くする。二人の閨室はとうに薄暗く、やさしい夕陽に包まれていた。

「それを言いたかったの？　……ほんとう、まわりくどい人ね」

「……そうだな。じりじり攻めていく方が面白い。おまえへの愛し方も……時間をかける方がいい」

ジークフリートはそう言い、目元を綻ばせる。

まわりくどいかと思えば、こうして直球で想いを伝えてくる。そんな彼の魅力に振り回される。

……けれど、この感じは嫌いじゃない。自分を見つめてくれる、その瞳も……眼差しも、温もりも――。

ベッドにおろされてジークフリートの手がミレーヌの手と重なり、彼の重みをよりいっそう感じるほど密着すると、初めて抱かれたときのようにドキドキした。

それは、かけがえのない愛のはじまりの予感。

「愛してる、ミレーヌ」

「私もよ……愛してるわ。ジークフリート様」

二人は微笑みあい、やさしく唇を重ねあわせた。

そっと下ろした瞼の裏に、純白のウエディングドレスに身を包んだ自分の姿があった。

ジークフリートと共に歩んでいる姿が……。

近い将来、永遠の愛を誓いあう日を心から待ちわびながら、ミレーヌはただひたすら彼の愛に溺れた。


結婚許可証を取り寄せることができたのは、それから季節がひとめぐりした春の日のことだった。それまで二人は諸国との友好同盟を結ぶべく、それぞれ政務に奔走していた。

いくつもの調印式や式典に出席し、大使として派遣されるなど多忙を極めた。ミレーヌに与えられた試練はこの世が平和であるためにジークフリートと共に努めること。それはけっして苦ではない。

なにより愛する人が傍にいるということがミレーヌを成長させてくれた。

政務がひと段落する頃、ようやく二人はラインザー帝国内の大聖堂で愛を誓いあった。ミレーヌはそこで新しく、皇帝陛下エレメンス三世なるジークフリートから新たな冠を授けられた。

ここに皇妃ミレーヌの誕生である。

二人の結婚には各国から賓客が押し寄せ、国中が祝福にわいた。それは新たな年代記《クロニクル》にもしっかりと残されている。

帝国はじまって以来の寵姫と言われたミレーヌの存在は、ジークフリートの手記によると、最初は、はねっかえりの苺姫だった……というところからはじまっている。

さらに――。

「――妖精姫の秘密？」

ある日のこと。ミレーヌがジークフリートの手記を覗いたところ、文字を追うにつれ、顔を真っ赤にそめあげた。

「こ、こんなことまで書くの!?」

めくるめく夜の戯れごとまで切々と語られていたのだ。

「真実だろう。歴代の皇帝は皆そうして残している」

しれっと答えるジークフリートの前で、ミレーヌはたじろぐ。

(だってこれって……歴代の皇帝陛下をはじめ皆に読まれていくっていうことよね)

「だ、だからって……詳しすぎるわ。私が……あんなことしたとか、ジークフリート様が……あんなことしたとか」

(……っていうか、ジークフリート様、こんなに冷静にエッチしたこと覚えているの!?)

苺のごとく真っ赤になってしまったミレーヌを見て、ジークフリートは皮肉っぽく口端をあげた。

「おまえがいかにドジをしてきたかということも、ちゃんとな」

「うっ」

「だが、おまえがいかに愛してくれているか、俺がどれほどおまえを愛しているか、振り返るいい機会になるだろう?」

「もうっ」

ジークフリートの笑顔を見てしまうと、何も言えなくなってしまうのがミレーヌの常だった。なぜなら出逢った頃の彼を思えば、こうして笑顔を見られるなんて考えられなかったことだから。

そう思ったら急にやる気が漲《みなぎ》ってきたげんきんなミレーヌだった。

「それなら、私も書かなくちゃ。あなたのこと」

「おまえが書くとなるとややこしいな。何を書いてくれるつもりなんだ」

ペンを動かしながらジークフリートが笑うので、ミレーヌは彼のうしろから抱きついて、耳元で柄にもなく甘い言葉を囁いてみせた。

「もちろん、とっても愛してくれていることよ?」

するとと、意表を突かれたような顔をしたジークフリートは急にペンを置いてしまい、振り返るやいなやミレーヌの腕をぐっと引き寄せ、彼の膝の上に乗せてしまった。

「きゃ、ちょっと……あの……」

「おまえが煽るからだ。どうせなら、実験をしながら書きすすめよう。いい日記が書けるだろうよ」

「えっ」

ミレーヌが戸惑っているうちに、ドレスの釦が外されていく。剝き出しになった耳朶を食まれ、びくんと反応を示すと、ペンの先でつっと胸の先を押される。

「ん、……だめだったら！　ジークフリート様のえっち……！」

「どうせなら、歴代の閨事《ねやごと》を真似てみようか……いや、誰もしたことのないことをするのもいい」

嗜虐的な夫の視線にミレーヌはぎくっとする。

ミレーヌがじたばたしている間にも、彼の寵愛はつづく。

毎日、毎日、夫の愛はこうして絶え間なくつづいている……。

皇妃ミレーヌの手記にもまたそうして日々綴られ、その枚数は数えること実に百年分以上あったのだとか――。

今日もまた平和な世の中に感謝しながら、ミレーヌは夫からの激しい寵愛に溺れている。

これからもきっと永遠に――。

FIN

あとがき

こんにちは。立花実咲《たちばなみさき》です。

ティアラ文庫三冊目となる本作はファンタジック＆エロティックなラブストーリーにしてみました。前作がしっとりした雰囲気でしたので今回はがらりと印象を変えてラブコメ風にチャレンジ☆

実はこのネタは、ティアラ文庫さんで初めてお世話になったときにプロットの一つとしてストックしていたもので、こうして新しく形にできたことをとても嬉しく思いながら、楽しく書かせていただきました。

見どころは、わけあって妖精に変えられてしまったミレーヌ王女の可愛らしさと憎めない容姿ももちろんですが、キスとエッチで身体が大きくなったり小さくなったりしてしまうことを利用して、皇帝陛下ジークフリートがミレーヌにとっても甘い色仕掛けをするところです。

それと、天真爛漫《てんしんらんまん》で活発なミレーヌに興味をそそられながら、もうかわいくて仕方ないといった感じでジークフリートが彼女を溺愛する様子が大好きで、いつのまにか恋に気づいてあたふたしてるミレーヌのいじらしいところもお気に入りです。影の主役である鸚鵡《おうむ》にも注目!?

イラストは前作『囲われ』に引き続き、龍本《たつもと》みお先生に担当していただきました！　龍本先生、前作は切なくしっとりとした雰囲気で、今作はかわいく明るい雰囲気で、ラブラブな二人をとても素敵に描いてくださり、ありがとうございました！

頭の上にのっているティアラとキラキラな二人のカバー＆ラブ感たっぷりのエッチな挿絵もどれもお気に入りです！

それからティアラ文庫＆オパール文庫でお世話になっております編集、担当K様、今作でも大変お世話になりました。アドバイスのおかげで、よりよいものにしあげようという活力をいただき、満足のいく内容になったのではないかなと思っています。今後もどうかご指導よろしくお願いいたします。

本の制作、出版にあたってご協力くださった皆さんありがとうございました。

そして、目の前の読者さん。本作をお手にとっていただき、ありがとうございました。心から感謝です！

心がほっとするようなきゅんとするような甘く楽しいひとときのお手伝いになっていたら嬉しいです。

願わくは、また近い日にまたどこかでお会いできますように！

追伸
ＨＰではときどき本の特別番外編を掲載しています。
本編のつづき、番外、スピンオフなど、気にかけてくださっていたらお時間のあるときに遊びにきてみてくださいませ。

SWEET×××PAIN

http://sweetxxxpain.skr.jp/

おまけ
ILLUSTRATION GALLERY
カバーラフ　別ver.1
「初めて見たが、
妖精とは……愛らしいものだな。
蜜蝋で作った人形よりも
ずっと肉感がある」
カバーラフ　決定ver.
カバーラフ　別ver.2

陛下《へいか》の甘《あま》やかなペット

ティアラ文庫をお買いあげいただき、ありがとうございます。
この作品を読んでのご意見・ご感想をお待ちしております。

✦ ファンレターの宛先 ✦
〒102-0072　東京都千代田区飯田橋3-3-1
プランタン出版　ティアラ文庫編集部気付
立花実咲先生係／龍本みお先生係

ティアラ文庫&オパール文庫webサイト『L'ecrin《レクラン》』
http://www.l-ecrin.jp/

著者——立花実咲（たちばな　みさき）
挿絵——龍本みお（たつもと　みお）
発行——プランタン出版
発売——フランス書院
〒102-0072　東京都千代田区飯田橋3-3-1
電話（営業）03-5226-5744
（編集）03-5226-5742
印刷——誠宏印刷
製本——若林製本工場

ISBN978-4-8296-6724-8 C0193

柚原テイル
Illustration Ciel
王子様の歪んだ寵愛
買われた淑女《レディ》
唇も、身体も、心も…
全部僕のものにしたい
美しい年下王子に気に入られ寵愛を受けるイヴリン。
「僕は君を手放さないよ、ずっと」
人目を気にせず強い執着をぶつけられて……。

藍杜雫
Illustration もぎたて林檎
皇帝陛下の新妻
新婚生活は淫らなイタズラでいっぱい!?
俺の新妻は案外、
いやらしいのが好きなんだな
初恋で幼馴染みの皇帝クラウスと結婚!
ラブラブな毎日になるはずが、波乱もいっぱい。
オレ様でツンデレな夫に執着されて乱されて!

原稿大募集

ティアラ文庫では、乙女のためのエンターテイメント小説を募集しております。
優秀な作品は当社より文庫として刊行いたします。
また、将来性のある方には編集者が担当につき、デビューまでご指導します。

募集作品

H描写のある乙女向けのオリジナル小説(二次創作は不可)。
商業誌未発表であれば同人誌・インターネット等で発表済みの作品でも結構です。

応募資格

年齢・性別は問いません。アマチュアの方はもちろん、
他誌掲載経験者やシナリオ経験者などプロも歓迎。
(応募の秘密は厳守いたします)

応募規定

☆枚数は400字詰め原稿用紙換算200枚〜400枚
☆タイトル・氏名(ペンネーム)・郵便番号・住所・年齢・職業・電話番号・
　メールアドレスを明記した別紙を添付してください。
　また他の商業メディアで小説・シナリオ等の経験がある方は、
　手がけた作品を明記してください。
☆400〜800字程度のあらすじを書いた別紙を添付してください。
☆必ず印刷したものをお送りください。
　CD-Rなどデータのみの投稿はお断りいたします。

注意事項

☆原稿は返却いたしません。あらかじめご了承ください。
☆応募方法は郵送に限ります。
☆採用された方のみ担当者よりご連絡いたします。

原稿送り先

〒102-0072　東京都千代田区飯田橋3-3-1
プランタン出版「ティアラ文庫・作品募集」係

お問い合わせ先

03-5226-5742　　プランタン出版編集部